Georges Simenon

Der Zug aus Venedig

Roman

Aus dem Französischen von Liselotte Julius

Diogenes

Titel der Originalausgabe:
›Le train de Venise‹

Die deutsche Erstausgabe erschien
1968 unter dem Titel ›Rückfahrt von Venedig‹
Die vorliegende Übersetzung wurde für
die Neuausgabe 1998 überarbeitet
Umschlagfoto von
Horst Munzig

110/97/36/3
ISBN 3 257 21617 3

Diogenes Taschenbuch 21617

de
te
be

ERSTER TEIL

I

Warum wurde das ganze Bild von seiner Tochter beherrscht? Das irritierte ihn irgendwie – oder vielmehr fiel es ihm eigentlich erst richtig auf, nachdem der Zug abgefahren war. Es war allerdings nur ein flüchtiger Eindruck, der in der rhythmischen Bewegung des Wagens entstand und sofort von der draußen vorbeiziehenden Landschaft überdeckt wurde.

Warum Josée und nicht seine Frau oder sein kleiner Sohn, wo sie doch alle drei in der drückenden Hitze versammelt waren?

Vielleicht, weil seine Tochter auf einem Bahnhof vor einem abfahrenden Zug äußerlich mehr aus dem Rahmen fiel? Sie war zwölf Jahre alt, hochaufgeschossen und schlank, Arme und Beine waren noch mager, und ihr blondes Haar hatte vom Baden im Meer und von der Sonne am Strand einen silbernen Schimmer bekommen.

Beim Verlassen der Pension hatte Dominique zu ihr gesagt: »Du wirst doch deinen Vater nicht im Badeanzug zum Bahnhof begleiten?«

»Warum denn nicht? Im *motoscafo* gibt's jede Menge Leute im Badeanzug. Außerdem hält es direkt vor dem Bahnhof. Hinterher gehen wir ja sowieso gleich schwimmen, oder?«

Dominique trug Shorts und dazu eine gestreifte Bluse, durch die man das Muster ihres Büstenhalters sah. Sie hatte sie in einer engen, belebten Straße gekauft, deren Name ihm entfallen war, dicht bei einem Kanal.

Die Brüste seiner Tochter begannen sich zu runden – war es das, was ihn irritierte?

Das alles war unscharf wie das Morgenlicht, wie dieser flirrende, heiße, fast greifbare Dunst zwischen Wasser und Himmel.

Es steckte ihm noch in den Gliedern, im Kopf, dieses Vibrieren des Bootes, das sie vom Lido hergebracht hatte, dieses gleichmäßige Dahingleiten auf den langen, glatten Wellen, diese ruckartigen Stöße bei jeder Begegnung mit einem anderen Schiff.

Plötzlich der Blick auf Venedig im Morgenlicht, bei bereits einsetzender Hitze, die Türme, die Kuppeln, die Paläste, San Marco und der Canal Grande, die Gondeln und die Glocken, die an diesem Sonntag von allen Kirchen, allen Campanili läuteten.

»Darf ich mir ein Eis kaufen, Papa?«

»Um acht Uhr früh?«

»Ich auch?« fragte der Junge, der erst sechs war. Er hieß Louis, wurde aber von jeher Bib genannt, weil er als Kleinkind damit seinen Wunsch nach der Flasche artikuliert hatte.

Bib trug zu dem karierten Hemd auch nur seine Badehose. Beide Kinder hatten flache Gondolierestrohhüte mit flacher Krempe auf, Josée mit rotem und ihr Bruder mit blauem Band.

Vielleicht mochte Calmar im Grunde keinen Ortswechsel, und nun fühlte er sich schon seit zwei Wochen fremd, entwurzelt, ohne jeden festen Halt. Nicht er, sondern seine Frau hatte den Urlaub in Venedig verbringen wollen, und die Kinder hatten natürlich gejubelt.

Abreisen, Abschiede konnte er auch nicht ausstehen. Er verharrte aufrecht vor dem heruntergelassenen Fenster eines Abteils, das nicht einmal sauber war, denn dieser Wagen kam als einziger des Zuges von weiter her, aus Triest oder noch ferneren Städten, ein Wagen, der sich in Farbe, Aussehen und Geruch von den übrigen unterschied.

Ein Mann, der auf Tuchfühlung neben ihm saß, musterte ihn von oben bis unten. War er schon in diesem Waggon gewesen, als er in Venedig an den Zug angekoppelt wurde?

In Wirklichkeit stellte Calmar sich keine präzisen Fragen. Er registrierte vielmehr, etwas ungeduldig und unbewußt, einzelne Eindrücke, während er auf den lichtüberfluteten Bahnsteig hinaussah – den Zeitungskiosk in der linken Ecke des Blickfelds, links und rechts Menschen, die ebenso wie seine Frau und seine Kinder warteten und angestrengt zu einem Verwandten oder einem Freund hinaufstarrten.

Alles war normal verlaufen. Der Zug sollte um 7.54 Uhr abfahren. Um 7.52 Uhr war ein uniformierter Beamter zugestiegen, um die Türen zu schließen, während ein Mechaniker von Wagen zu Wagen ging und mit seinem Hammer hier und da herumklopfte. Bei jeder Bahnfahrt hatte Calmar den gleichen Zirkus erlebt und sich jedesmal gefragt, worauf der Mann da herumhämmerte, hinterher jedoch vergessen, sich danach zu erkundigen.

Der Stationsvorsteher trat aus seinem Büro, eine Pfeife zwischen den Zähnen, in der Hand eine rote Fahne, die wie ein Regenschirm zusammengerollt war. Dampf zischte irgendwo auf. Da die Strecke elektrifiziert war, konnte es freilich kein Dampf sein, aber bei irgendeiner Überprüfung der Bremsanlage entstand wohl das gleiche Zischen und Vibrieren wie in allen Zügen.

Endlich das Pfeifsignal. Josée lutschte ihr Eis, ihr *gelato*, wie sie jetzt sagte, eine Hand zum Abschied erhoben. Dominique ermahnte ihn:

»Gib vor allem auf deine Gesundheit acht und geh regelmäßig zu Etienne essen.«

Ein Restaurant, das sie kannten, am Boulevard des Batignolles unweit ihrer Wohnung gelegen. Laut Dominique war dort die Küche sauber und das Essen gesund.

Die rote Fahne wurde entrollt. Der Stationsvorsteher hob den Arm, genau wie Josée und nun auch Bib, der es ihr nachmachte.

Der Zug hätte bereits abfahren müssen. Die Uhr zeigte 7.55.

Doch der Stationsvorsteher hielt inne, blickte die Wagenreihe entlang, ließ den Arm wieder sinken und pfiff mehrmals hintereinander kurz und energisch.

Der Zug fuhr nicht ab. Die Leute auf dem Bahnsteig schauten nach vorn. Calmar lehnte sich hinaus, sah aber nichts als lauter Leute, die ihre Köpfe ebenfalls zum Fenster hinausstreckten.

»Was ist denn los?«

»Keine Ahnung«, erwiderte Dominique. »Ich kann nichts Ungewöhnliches entdecken.«

Sie war schlank, nicht mehr so wie ihre Tochter natürlich, und hatte sogar in Shorts etwas Damenhaftes. Im Gegensatz zu den Kindern bräunte ihre Haut nicht in der Sonne, sondern rötete sich, und sie schützte ihre blauen Augen mit einer dunklen Brille.

Der Stationsvorsteher, auf den nun alle Blicke gerichtet waren, schien es nicht mehr eilig zu haben. Die Fahne unter den Arm geklemmt, blickte er gelassen zur Lokomotive, als erwarte er insgeheim irgend etwas. Die ganze Szene auf dem Bahnsteig erinnerte ein wenig an einen Film, der plötzlich bei einem Bild stehenbleibt – ein farbiges Standfoto.

Hände wußten nichts mehr mit den bereits entfalteten Taschentüchern anzufangen. Auf den Gesichtern erstarrte das Abschiedslächeln zur Grimasse.

»Ein Nachzügler?« erkundigte sich eine Stimme neben Calmar.

»Keine Ahnung. Ich sehe niemanden laufen.«

Der Mann stand auf und ließ seine Zeitung auf der Bank liegen. Er war klein und stämmig.

»Gestatten Sie?«

Anstelle von Justin tauchten vorübergehend sein Gesicht und seine Schultern im Fenster auf.

»Bei den Italienern kann man nie wissen...«

Die Zeit hatte gereicht für einen Blick auf Dominique und die Kinder. Dann erschien Calmar wieder, ein verkrampftes Lächeln um die Lippen. Er spürte genau, daß Josée und Bib es nicht abwarten konnten, endlich aus diesem überhitzten Bahnhof wegzukommen und sich in das Vaporetto zu stürzen, das sie zum Strand bringen würde. Dominique wiederum wirkte besorgt, melancholisch.

»Gib vor allem auf deine Gesundheit acht, Justin.«

»Ich verspreche es dir.«

»Ich glaube, diesmal fährt der Zug ab.«

Bis dahin verstrichen noch zwei endlose Minuten, in denen alle den gleichmütigen Stationsvorsteher beobachteten.

Endlich kam ein Stellvertreter aus einem Büro mit Glastür, machte ein Zeichen, und der Stationsvorsteher pfiff, wartete noch ein paar Sekunden, bis er die Fahne schwenkte, und der Zug fuhr ab. Der Bahnsteig mit all den herumstehenden Menschen glitt vorüber. Justin lehnte sich weiter hinaus, während die Gestalt seiner Tochter immer kleiner wurde und ihr roter Badeanzug allmählich mit den anderen Farbflecken verschmolz.

Dann erfaßte sie die Sonne, und mit ihr drang ein glühend heißer Luftschwall in das Abteil. Calmar ließ seufzend das blaue Leinenrollo herunter, das sich wie ein Segel blähte und zwei- bis dreimal wieder hochrollte, bis es endlich unterblieb.

Sie waren unterwegs.

Während er auf seinem Platz saß, konnte er jetzt, auch wenn er keine Lust dazu hatte, in Ruhe seinen Reisegefährten betrachten, der seine Zeitung zusammengeknüllt und unter die Bank geschoben hatte.

Eine ganze Weile taten beide so, als sähen sie einander gar nicht an, mit dem Unterschied vielleicht, daß der andere es nicht so eilig hatte, die Augen abzuwenden.

Er mochte zwischen fünfundfünfzig und sechzig sein, hatte sehr breite Schultern, einen mächtigen Brustkasten und überaus markante Gesichtszüge.

Calmar hatte bemerkt, daß seine Zeitung in kyrillischen Buchstaben gedruckt war. Russisch? Slowenisch?

Auf einmal schnellte das blaue Rollo wieder hoch und ließ abermals die Sonne herein. Diesmal stand der Mann auf und brachte es sachkundig in Ordnung.

»Franzose?« fragte er, als er sich wieder hinsetzte.

»Ja.«

»Paris?«

»Ja.«

»Mir ist der Pariser Akzent Ihrer Frau aufgefallen.«

Calmar hatte nichts dagegen, sich in ein Gespräch einzulassen, so peinlich auch die Anfänge jedesmal sind. Der Zug hielt bereits in Venezia-Mestre, dem anderen Bahnhof von Venedig, und die Einheimischen liefen durch die Gänge auf der Suche nach der zweiten Klasse.

»Müssen Sie aus geschäftlichen Gründen vor Ihrer Familie zurückfahren?«

»Eigentlich wollten wir alle heute abreisen. Leider gab es für den Expreß um 10.32 Uhr keinen einzigen Platz mehr. Ich wollte meiner Familie nicht zumuten, in Lausanne umzusteigen und dann die ganze Nacht im Zug zu sitzen. Deshalb bin ich lieber allein gefahren. Die drei können dann noch ein paar Tage bleiben, wie sich's die Kinder gewünscht haben.«

Es kam ihm vor, als mustere sein Gegenüber eingehend seinen Anzug, dessen gelblichweißer, leichter Stoff, seidendurchwirkt, aussah wie Krepp. Zum erstenmal in seinem Leben trug er ein helles Kleidungsstück, aber seine Frau hatte nicht lockergelassen, bis er den Anzug in der gleichen schmalen Straße kaufte, aus der ihre Blusen stammten.

»Außer dir trägt fast niemand dunkle Farben, Justin.«

Für die Reise hätte er lieber etwas anderes angezogen. In Venedig oder in ihrer Familienpension ging es noch. Aber hier empfand er es als Maskerade. Es paßte nicht zu seinem Äußeren, zu seiner füllig gewordenen Figur.

»Wie war der Urlaub? Hatten Sie schönes Wetter?«

»Bis auf zwei oder drei Gewitter.«

»Mögen Sie die italienische Küche?«

»Die Kinder schwärmen dafür, nur Meeresfrüchte rührt mein Junge nicht an...«

»Aber wenn Sie in einer Pension waren, haben Sie doch jeden Tag Meeresfrüchte vorgesetzt bekommen.«

Er zuckte zusammen. Wie hatte dieser Unbekannte nach einer so kurzen Begegnung erraten, daß sie in einer Familienpension und nicht in einem der großen Hotels am Lido abgestiegen waren?

Er fühlte sich irgendwie gedemütigt und bedauerte noch mehr, daß er diesen seidig glänzenden Anzug gewählt hatte, dessen italienischer Schnitt ihm überhaupt nicht stand.

Der ruhige Mann, der ihm gegenübersaß, machte ihn allmählich nervös und zugleich neugierig. Sicher hatte er insgeheim längst die Qualität seiner beiden Koffer taxiert, die für diese Reise gekauft worden und nicht von bester Qualität waren. Calmar wußte vom Hörensagen, daß die Portiers der Luxushotels die Gäste nach deren Gepäck beurteilen, so wie gewisse Männer die Frauen nicht nach ihren Kleidern oder Pelzen, sondern nach ihren Schuhen einschätzen.

»Sind Sie Geschäftsmann?«

»Ich bin in einem mittelständischen Industrieunternehmen beschäftigt.«

Er konnte einfach nicht anders. Der Unbekannte hatte zwar keinerlei Recht, ihn auszufragen, und trotzdem antwortete er ihm mit geradezu peinlich genauer Offenheit.

»Gestatten Sie?«

Er zog die Jacke aus, denn er schwitzte aus allen Poren, obwohl der Luftzug ständig an dem Rollo zerrte und es jeden Augenblick wieder loszureißen drohte.

Er schämte sich der großen Schweißflecken, die sich unter seinen Achseln gebildet hatten, wie eines Gebrechens. Auch im Büro genierte ihn das immer, vor allem den Schreibkräften gegenüber.

»Ihre Tochter wird mal eine bildschöne Frau ...«

Dabei hatte er Josée doch nur ganz flüchtig gesehen!

»Sie hat viel von ihrer Mutter, nur mehr Temperament ...«

Das stimmte. Was Dominique fehlte, war Schwung, Spontaneität, eben das, was man das gewisse Etwas nennt. Mit ihren zweiunddreißig Jahren hatte sie eine schlanke Figur, ansprechende Gesichtszüge, Augen von einem sehr klaren, weichen Blau, einen anmutigen Gang, aber zugleich auch immer etwas Zurückhaltendes, als fürchte sie, die Aufmerksamkeit auf sich zu lenken, eine größere Rolle zu spielen, als ihr zustand.

»Ihre Frau hat eine sehr schöne Altstimme.«

Justin lächelte nervös. Wie hatte dieser Mensch das bloß alles bemerkt? Tatsächlich bildete Dominiques tiefe, heisere Stimme einen rührenden Gegensatz zu ihrer zarten Erscheinung.

Schon wieder ein Bahnhof, Padua. Auf dem Bahnsteig Menschengewimmel, Hunderte schienen den Zug stürmen zu wollen – Familien, viele Kinder, Mütter mit Säuglingen auf dem Arm und sogar eine dicke Bäuerin, die Hühner in einem Käfig mitschleppte.

Durch alle Türen strömten sie, drängelten sich den Gang entlang zur Spitze des Zuges, um vielleicht dort noch einen freien Platz zu ergattern.

»Von jetzt ab kann keiner mehr durch die Gänge – hoffnungslos verstopft, Sie werden's erleben.«

»Sind Sie schon mal mit diesem Zug gefahren?«

»Nicht mit dem hier, aber mit ähnlichen. Manchmal fragt man sich, wozu die Italiener eigentlich mit solcher Hartnäckigkeit durch die Gegend gondeln. An bestimmten Tagen könnte man meinen, ganz Italien sei unterwegs auf der Suche nach einem Ort, um endlich seßhaft zu werden.«

Er hatte einen Akzent, den Calmar nicht genau einordnen konnte.

»Ingenieur?«

Die Frage ließ ihn wiederum zusammenzucken. Zumindest hatte er diesmal die Genugtuung, sein Gegenüber auf falscher Fährte zu sehen.

»O nein, Techniker bin ich nicht. Ich arbeite im kaufmännischen Sektor, und weil es in unserem Metier nicht ohne Titel abgeht, nenne ich mich kaufmännischer Direktor der Auslandsabteilung.«

»You speak English?«

Er antwortete, ebenfalls auf englisch:

»Ich war früher Englischlehrer am Lycée Carnot.«

»Sprechen Sie auch Deutsch?«

»Allerdings.«

»Italienisch?«

»Nein. Es reicht gerade eben für die Speisekarte.«

Eine Kurve ließ das Rollo noch heftiger flattern und plötzlich wieder hochschnellen. Der Schaffner kam ins Abteil, beschäftigte sich ein paar Minuten damit, es zu befestigen, und bat sie dann um ihre Fahrkarten.

Calmar hatte ein einfaches Pappkärtchen, der Unbekannte dagegen ein Fahrscheinheft, dessen gelbe Blätter zusammengeheftet waren. Der Schaffner riß eines heraus und schob es in seine Umhängetasche.

Hätte man ihn im Zug nach seinen Eindrücken gefragt, wäre er außerstande gewesen, sie zu analysieren. Seine mißgelaunte Antwort hätte sich zweifellos darauf beschränkt, daß er es kaum abwarten könne, ans Ziel zu kommen.

Es wäre ungefähr das gleiche gewesen, wenn man sich nach seinem Urlaub erkundigt hätte. Er hatte genug von der Sonne, vom Gewimmel der Badenden am Strand, vom Lärm der *vaporetti* und *motoscafi*, vom Markusplatz mit seinen Tauben, von den anscheinend so preisgünstigen Läden, in denen man unnützen Kram kauft, nur weil man in der Fremde ist. Er hatte die Nase voll von diesem unaufhörlichen Krach bei Tag und Nacht, dem Gesinge, dem Gedudel der Kapellen, dem Schreien der Kinder und den Schritten auf der Treppe – all das ging ihm auf die Nerven.

Es war wie ein zwanghafter Sport für ihn geworden, daß er bei jeder Mahlzeit Josée und ihrem Bruder sämtliche

Gerichte auf der Speisekarte übersetzen und dann mit ihnen erörtern mußte, welche sie bestellen durften.

Ganz abgesehen davon, daß er sich zutiefst gedemütigt fühlte, weil er eine Familienpension ausgesucht hatte, die nicht einmal mit Seeblick aufwarten konnte.

Und doch wußte er, daß er in ein paar Wochen, in ein paar Monaten, in einem Jahr die Tage am Lido zu den schönsten, strahlendsten seines Lebens rechnen würde, überzeugt davon, so etwas nie wieder zu erleben.

Es war jedes Jahr dasselbe. Schön war es immer nur im Vorjahr gewesen, selbst im Herbst und im Winter mit der Grippe und den kleinen Unpäßlichkeiten der Kinder, derentwegen er sich jedesmal aufs neue so heftig ängstigte.

Lag das an seinem eigenen Unvermögen, wenn er nur im nachhinein glücklich sein konnte, oder war dies das Los der meisten Menschen? Er wußte es nicht, da er niemand danach zu fragen wagte, am wenigsten seine Kollegen im Büro. Die würden sich über ihn lustig machen.

Im Augenblick zum Beispiel fühlte er sich nicht wohl in seiner Haut und zählte die Stunden bis zur Ankunft in Lausanne und dann in Paris. Vor allem war es die Hitze, die im Laufe des Vormittags zunehmend drückender wurde. Einen Moment lang hatte er die Tür zum Gang geöffnet. Da dort sämtliche Fenster heruntergelassen waren, zog es entsetzlich.

Das Rollo riß sich von neuem los, und diesmal ließ es sich wegen der inzwischen verbogenen Stange nur noch schräg befestigen, so daß sein Gesicht von einem breiten, sengenden Sonnenstrahl getroffen wurde.

Er hätte sich anderswohin setzen können. Die restlichen

vier Plätze im Abteil waren noch frei, wenn auch als reserviert gekennzeichnet. Die Reisenden würden wohl auf den nächsten Stationen zusteigen.

Alle zwanzig Minuten kam ein Bahnhof: Lonizo, San Bonifacio, Verona...

Und auf jedem gab es die gleiche Menschenmenge, die den Zug stürmte, sich aufgeregt durch den Gang drängte. Damit dürfte es übrigens bald vorbei sein, denn die Reisenden in der zweiten Klasse blockierten den Raum vor den Abteilen. Die unterschiedlichen Gepäckstücke – mit Riemen oder Stricken verschnürte Koffer, Körbe, Pappkartons, alle nur möglichen Bündel – beanspruchten genausoviel Platz wie die Menschen.

Die Stapel waren so hoch, daß sie die Fenster fast verdeckten, und auf dem Boden saßen Kinder. Wenn man auf die Toilette wollte, mußte man über sie hinwegsteigen und sich zwischen den Eltern durchzwängen. Noch ein paar Stationen, und man konnte überhaupt nicht mehr dorthin gelangen.

Trotzdem versuchte niemand, von diesen vier leeren, gepolsterten, bequemen, verlockenden Plätzen Besitz zu ergreifen. Die Frauen blieben stehen, gaben einem Säugling die Flasche oder die Brust, hin und her geschaukelt von den Bewegungen des Zuges, ohne auch nur daran zu denken, daß sie sich hinsetzen könnten. In ihren Augen zeigte sich keine Spur von Neid, Groll oder Niedergeschlagenheit.

»Verbringen Sie Ihre Wochenenden auf dem Land?«

»Ja, in der Nähe von Poissy. Kennen Sie es?«

»Das liegt zwischen Paris und Mantes-la-Jolie, nicht wahr?«

Genaugenommen waren die Fragen des Mannes eigentlich Feststellungen. Er erweckte den Anschein, als kenne er die Antwort bereits und frage nur noch, um eine Bestätigung zu bekommen.

»Motorisiert?«

»Ja. Einen kleinen 4cv. Ich brauche einen Wagen in Paris, vor allem für die Fahrten vom Büro zur Fabrik.«

»Und wegen der verstopften Straßen haben Sie jetzt lieber den Zug genommen. Sehr verständlich, besonders mit Kindern.«

Um ein Haar freilich wären sie mit dem Wagen nach Venedig gefahren. Es war natürlich Josée, die sich das gewünscht hatte, die aber schon nach zwanzig Kilometern auszurechnen pflegte, wie lange sie wohl noch bis zum Zielort brauchten.

Auch er hatte Lust dazu gehabt.

»In dem Fall können wir so gut wie gar kein Gepäck mitnehmen. Nicht einmal die Hälfte von dem, was jeder geplant hat.«

Dominique – die Stimme der Vernunft.

»Haben Sie ein Landhaus?«

Der Mann hatte offenbar kein Bedürfnis, sich den Schweiß abzutrocknen, und auf seiner Stirn war keine Spur von Feuchtigkeit zu bemerken. Wenn der Wagen mit Getränken und Eßwaren auf einem Bahnsteig nicht am anderen Ende des Zuges, sondern ausnahmsweise in der Nähe ihres Abteils stand, verlangte er gelegentlich ein Fläschchen Campari-Soda, und schließlich folgte Calmar seinem Beispiel.

»Es kommt auch ein Kellner mit einem Proviantwagen

durch den Zug, aber vor Mailand wird er nicht bis zu uns durchkommen.«

Im Grunde ärgerte sich Calmar über seine Fügsamkeit. Er beantwortete vorbehaltlos alle Fragen, die an ihn gerichtet wurden, während er selber keine einzige von denen, die ihm durch den Kopf gingen, zu stellen wagte.

Zum Beispiel war ihm aufgefallen, daß sein Reisegefährte keinerlei Gepäck im Netz hatte. Waren seine Koffer im Gepäckwagen, oder hatte er gar nichts mitgenommen?

Der Waggon kam aus Belgrad via Triest. Unter dem Sitz lag eine Zeitung aus einem slawischen Land. Hätte er ganz ungezwungen fragen sollen:

»Kommen Sie aus Belgrad?«

Oder sogar:

»Sind Sie Jugoslawe?«

Das war unwahrscheinlich. Zumindest sah der Unbekannte nicht danach aus. Er sprach Französisch ebenso fließend wie Englisch und Deutsch und unterhielt sich mit dem Zugpersonal in einwandfreiem Italienisch.

Sein Anzug freilich war Dutzendware, aus dunklem, fast schwarzem Wollstoff, nicht sonderlich gut geschnitten. Das gleiche galt für die unscheinbare Krawatte, deren Knoten zu lockern und den Hemdkragen zu öffnen er kein Bedürfnis zeigte.

Warum nur fühlte sich Calmar ihm gegenüber wie ein kleiner Junge? Und warum empfand er die Verpflichtung zu reden, wenn das Schweigen zu lange andauerte, während der andere die ausgedehnten Gesprächspausen souverän hinnahm und nicht einmal vorgab zu dösen?

»Mein Schwiegervater hat die Idee gehabt, am Ortsausgang von Poissy auf einem Hügel über der Seine eine Art Landgasthaus aufzumachen. Es ist eigentlich ein kleines Bauernhaus, und die Tiere bilden die Staffage: zwei Kühe, ein altes Pferd, eine Ziege, drei Schafe, ein paar Gänse, Enten und Hühner. Die Gäste essen im Gemeinschaftsraum mit der Balkendecke und finden das großartig.«

»Fahren Sie jeden Sonntag dorthin?«

»Meistens. Meine Frau hängt sehr an ihren Eltern. Die Kinder sind ganz verrückt auf Tiere, und meine Tochter reitet den lieben langen Nachmittag auf der Wiese.«

Mit der nächsten Frage rechnete er fast:

»Und Sie?«

Er legte sich meistens im erstbesten Zimmer in den Kleidern aufs Ohr.

Der Zug fuhr ausnahmsweise ohne Halt durch einen kleinen Bahnhof: Sommacampagna. Danach kamen Castelnuovo di Verona, Peschiera del Garda, Desenzano, Lonato...

»Ich werde in Lausanne nicht aussteigen können, wie ich hoffte. Ich muß nämlich in Genf ein Flugzeug erreichen, und das schaffe ich mit diesem Zug gerade noch rechtzeitig.«

Sieh mal an! Zum erstenmal sprach er von sich. Aber er erklärte immer noch nicht, warum er einen so schäbigen Zug genommen hatte, der auf den kleinsten Bahnhöfen hielt, oder warum er offensichtlich kein Gepäck hatte. Wenn er aus Belgrad oder Triest kam, hätte er doch bestimmt ohne weiteres direkt nach Genf fliegen können.

»Arbeiten Sie in einem Großbetrieb?«

»Man nennt so was heute ein expandierendes Unternehmen. Angefangen hat es mit einer Eisenwarenhandlung in Neuilly, dann kam ein Werk in Nanterre dazu. Heute haben wir eine Fabrik zwischen Dreux und Chartres, und im Département Finistère ist eine weitere im Bau.«

Brescia. Leute stiegen aus, dafür mindestens doppelt so viele ein, und die drangvolle Enge in den Gängen wurde immer schlimmer.

Bei der Ankunft in Mailand war Calmars Hemd klatschnaß. Er hatte Hunger.

»Die Zeit reicht doch wohl, um…«, begann er.

»Ich würde Ihnen nicht raten, unseren Wagen zu verlassen. Er wird in Kürze abgekoppelt und dann an einen anderen Zug angehängt.«

Es stimmte. Er konnte gerade noch durch das Fenster ein Sandwich und eine Flasche Bier ergattern. Dann wurden sie von einer Minilokomotive aus dem Bahnhof geschoben und inmitten des Schienennetzes in der prallen Sonne abgestellt.

»Wir werden gleich wieder in den Bahnhof gebracht.«

»Sind Sie schon mal mit diesem Zug gefahren?«

»Ich kenne ihn. Ich kenne sie fast alle. In Mailand werden unsere Reisegefährten zusteigen.«

Er zeigte auf die Platzreservierungen.

»Zwei fahren bis Genf, einer bis Lausanne. Der vierte hat bis Sion reserviert.«

Er hatte seinen Platz bisher nicht verlassen, nicht einmal die Toilette aufgesucht. Der Wagen war jetzt fast leer. Außer ihnen gab es nur noch zwei Amerikanerinnen im Nachbarabteil und im übernächsten einen schlafenden dicken Mann. In den Gängen stand niemand mehr. Die

Amerikanerinnen befürchteten, man habe sie vergessen, und bedachten die Gleise und den fernen Bahnhof mit verzweifelten Blicken.

Es war heißer als im fahrenden Zug.

»In Lausanne nehmen Sie vermutlich den Zug 20.37 Uhr nach Paris?«

Haargenau, wie immer. Dieser Mann war offenbar allwissend, eine Art Lieber Gott.

»Wir sind um 17.05 Uhr in Lausanne. Ich überlege mir, ob ich Sie um einen Gefallen bitten könnte. Selbstverständlich nur, wenn Sie nicht schon etwas anderes vorhaben.«

»Keineswegs. Ich weiß nicht, was ich mit den zwei Stunden Aufenthalt anfangen soll.«

»Kennen Sie die Stadt?«

»Nein.«

»Sie hatten auch nicht vor, sie zu besichtigen?«

»Doch nicht bei dieser Hitze!«

»Auf Bahnsteig 1, in der Nähe der Gepäckaufbewahrung, sind mehrere Reihen Schließfächer.«

Er zog einen Schlüssel aus der Tasche.

»Hier ist der Schlüssel für 155. Der Koffer im Fach ist klein, leicht und handlich. Ich weiß wirklich nicht, ob ich Ihnen das zumuten darf…«

»Aber ich bitte Sie.«

»Der Koffer müßte herausgenommen werden. Dafür wäre ungefähr ein Franken fünfzig einzuwerfen. Hier ist etwas Kleingeld.«

Calmar machte eine abwehrende Geste.

»Na, das könnte ich ja notfalls noch selber erledigen,

falls der Zug lange genug hält. Aber dann müßte der Koffer zu folgender Adresse gebracht werden ...«

Er kritzelte sie in ein rotes Notizbuch, riß die Seite heraus und gab sie Calmar zusammen mit dem Schlüssel.

»Vom Bahnhof sind es knapp fünf Minuten mit dem Taxi. Ich darf Ihnen auch für diese Auslagen die erforderlichen Franken geben.«

Ein Ruck. Der Wagen wurde an einen Zug angekoppelt und fuhr auf einem Bahnsteig ein – nicht dem, auf dem sie angekommen waren –, wo die Reisenden schon bereitstanden.

»Ich danke Ihnen im voraus.«

Der Speisewagenkellner kam vorbei und gab Platzkarten aus. Der Unbekannte nahm eine für das erste Mittagessen. Calmar fehlte der Mut, essen zu gehen. Das Sandwich und das Bier lagen ihm schwer im Magen. Außerdem kam er sich in dem durchschwitzten Hemd schmuddlig vor und begnügte sich deshalb mit einer kleinen Flasche Campari-Soda vom Handwagen.

Die bis Genf reservierten Plätze gehörten zwei Engländern, die ihre Golftaschen mühsam im Gepäcknetz verstauten. Die Dame mußte bereits in Brig, nicht erst in Sion aussteigen, und der Herr, der die *Tribune de Lausanne* las, fuhr vermutlich auch in diese Stadt.

Calmar war fast eine Stunde allein, da alle nach dem Gongzeichen in den Speisewagen geeilt waren.

Am Lago Maggiore begann auf den kleinen Bahnhöfen wieder das Gedränge, und der Gang stand neuerlich voller Menschen.

Undeutlich hörte er es auf dem Bahnsteig ausrufen:

»Arona! Arona!«

Dann Stresa, wo er aus halbgeschlossenen Augen rote Dächer unter Palmen wahrnahm. Baveno. Verbania Pallanza...

In Domodossola leerten sich die Gänge endlich, und die Proviantwagen steuerten sofort den Zug an.

»Die Pässe, bitte.«

Bei ihm, den Engländern und der Frau genügte ein flüchtiger Blick, während der Grenzpolizist sich mit dem Ausweis des Unbekannten etwas eingehender beschäftigte, aber besonders mißtrauisch war sein Blick nicht, nachdem er das Foto studiert hatte. Er blätterte lediglich den Paß Seite für Seite durch, bevor er den Stempel aufdrückte. Danach gab er ihn mit einem gewissen Respekt zurück und tippte flüchtig mit der Hand an die Mütze.

Calmar hatte fast eine Stunde geschlafen. Als ihm die Sonne ins Gesicht schien, erwachte er mißgelaunt und mit einem schalen Geschmack im Mund, so daß er sich abermals einen Campari genehmigte; er hatte ihn nach der ersten Kostprobe an diesem Tag schätzengelernt.

»Zoll! Haben Sie etwas zu verzollen?«

Carabinieri auf dem Bahnsteig.

»Was ist in diesem Koffer?«

»Kleidung und Wäsche.«

Obwohl damit das Ganze erledigt zu sein schien, dauerte es noch eine Viertelstunde, bis der Zug langsam den Simplontunnel ansteuerte. Wenn man sich hinauslehnte, konnte man schließlich die dunkle Einfahrt ausmachen. Calmar stand an der Abteiltür. Das Licht ging an. Er spürte mehr, als daß er sah, wie der Unbekannte sich erhob und den Gang betrat. Sobald der Zug im Tunnel war, setzte er sich wieder dem leeren Platz gegenüber, schob das Fenster hoch und wartete.

Er mochte Tunnels nicht. Bei der Hinfahrt war ihm dieser endlos erschienen, trotz der Begeisterung seiner Kinder. Nach gut zehn Minuten wunderte er sich, daß der Mann, der ihm seit acht Uhr früh gegenübergesessen hatte, nicht wiederkam.

Warum stand er nun auf und ging zur Toilette? Entgegen seiner Erwartung las er auf der kleinen Emailscheibe nicht »Besetzt«, sondern »Frei«, öffnete die Tür und wusch sich drinnen mechanisch die Hände.

Der Mann war immer noch nicht ins Abteil zurückgekehrt und blieb auch verschwunden, als der Zug plötzlich wieder in die Sonne eintauchte und auf dem Schweizer Bahnhof Brig hielt, wo abermals Grenzpolizisten und Zöllner zustiegen.

»Die Pässe, bitte!«

»Nichts zu verzollen?«

»Kleidung, Wäsche. Ich bin auf der Durchreise nach Paris.«

Der Polizist betrachtete den leeren Platz, die Angaben auf der Reservierung.

»Sitzt hier niemand?«

»Doch, ein Herr. Er ist hinausgegangen, als wir in den Tunnel einfuhren.«

»Und sein Gepäck?«

»Er hatte keins. Vielleicht...«

»Ja?«

»Vielleicht ist es im Gepäckwagen.«

Der Beamte machte sich ein paar Notizen.

»Vielen Dank.«

Das war alles. Die Dame war ausgestiegen, die drei anderen Mitreisenden kauften Schokolade. Die Strecke führte dann an der Rhone entlang, deren weißliches Wasser herrlich kühl wirkte.

Noch zwei Stationen, ohne Gedrängel, ohne Menschenmassen, ohne Abschiedsszenen: Sion und dann Montreux am Genfer See.

Als der Zug in Lausanne ankam, war der Mann immer noch nicht wiederaufgetaucht. Calmar hatte vergebens die jetzt leeren Gänge vom einen Ende zum anderen nach ihm abgesucht.

2

Bis jetzt hatte er diesen Tag wie jeden anderen auf Reisen hingebracht, benommen von der Sonne, der Hitze, dem blauen Rollo, von dessen Flattern er schließlich regelrecht hypnotisiert war. Er war sich nicht bewußt, irgend etwas zu registrieren; erst als er später in diesem Wust von Eindrücken und Bildern, von fast zusammenhanglosen Gedankenfetzen herumstöberte, förderte er präzise Erinnerungen zutage.

Von Lausanne ab dagegen wurde alles in ihm und um ihn sehr deutlich, grub sich gestochen scharf wie eine Fotografie in sein Gedächtnis ein. Es war, als sehe er sich plötzlich wie bei einer Art Persönlichkeitsspaltung selber agieren, beobachte mit klarem, unbeteiligtem Blick diesen Justin Calmar – die etwas feiste, kurzbeinige Gestalt mit dem schweißfeuchten, an der Stirn klebenden Haar, die da zunächst unbeweglich, unentschlossen, die beiden Koffer neben sich, auf dem Bahnsteig 5 verharrte.

Und von nun an wurde er tatsächlich vor die Wahl gestellt, mußte eine Entscheidung nach der anderen treffen, wobei er Wert darauf legte, sie als anständiger Mensch genau abzuwägen, denn er hatte sich sein Leben lang anständig verhalten, mit einem gewissen Aufwand an Energie, vielleicht auch mit einer gewissen Selbstgefälligkeit.

In Venedig, noch im Trubel der Abreise, von der ihm vor allem das Bild seiner Tochter im roten Badeanzug, eine Eiswaffel in der Hand, haftengeblieben war, hatte er verschwommen wahrgenommen, daß ein neben ihm sitzender Mann ihn von oben bis unten musterte, und etwas später die in kyrillischen Buchstaben gedruckte Zeitung in dessen Hand bemerkt.

Dieser Mann hatte ihm durch harmlose Fragen allmählich Auskünfte über sein Leben, seine Familie, seine Arbeit entlockt, und jetzt fühlte er sich etwas beschämt wegen seiner allzu bereitwilligen Antworten.

Weshalb war ihm der Fremde als außergewöhnliche Persönlichkeit erschienen? Nichts an seinem Äußeren jedenfalls, außer seine Gelassenheit, seine Augen, die nichts zu sehen schienen und dabei alles bemerkten.

Hatte Calmar sich nicht insgeheim gesagt: Das ist ein Starker!

Genau wie sein Chef Joseph Baudelin, der ehemalige Eisenwarenhändler, der zum bedeutenden Industriellen aufgestiegen war, zu den Starken zählte. Und Calmar, der sich zwar nicht für schwach hielt, empfand dennoch ein dunkles Neidgefühl gegenüber den Starken, die niemanden brauchen, die keine Regeln nötig haben, die nicht lächeln, wenn man sie anspricht, die in jeder Situation sie selber bleiben, ohne sich darum zu kümmern, was man über sie denken könnte.

Hatte es sein Chef zum Beispiel nötig, sich für einen anständigen Menschen zu halten? Galt sein Reisegefährte als anständiger Mensch, oder bemühte er sich darum?

Im Hinblick auf seinen Reisegefährten war als erstes zu

klären, ob er sein Verschwinden irgend jemandem melden mußte, zum Beispiel dem Stationsvorsteher oder dem Polizeikommissar.

Hatte Calmar das nicht bereits, freilich etwas unbestimmt, bei der Paßkontrolle in Brig dem Beamten gegenüber erwähnt?

Vielleicht war der Mann in ein anderes Abteil gegangen, in Brig ausgestiegen und hatte inmitten der Menge den Bahnhof verlassen.

Wie auch immer, mit welchem Recht wollte er sich jetzt da einmischen? Man hatte ihm einen Auftrag gegeben – nein, das war übertrieben ausgedrückt. Eine einfache Besorgung, die jeder x-beliebige an seiner Stelle hätte erledigen können. Er hatte den Schlüssel für ein Gepäckfach, Kleingeld und einen Zehnfrankenschein für das Taxi in der Tasche.

Schließlich ging er ins Untergeschoß, wo wie in Brig Süßwaren verkauft wurden, und dann wieder die Treppe hinauf zum Bahnsteig 1. Er hatte jede Menge Zeit. Zuerst steuerte er die Gepäckaufbewahrung an, wo er ein paar Minuten Schlange stehen mußte, ehe er seine beiden Koffer deponieren konnte.

Die Schließfächer waren direkt gegenüber und fortlaufend numeriert. Als er die Nummer 155 gefunden hatte, stellte er fest, daß er nur einen Franken fünfzig zu bezahlen brauchte.

Noch wußte oder mutmaßte er nichts. Trotzdem wirkten seine Bewegungen, die Blicke, mit denen er sich umsah, irgendwie verstohlen, als begehe er eine zwar nicht unbedingt strafbare, aber immerhin verdächtige Handlung.

Nicht er hatte einen Handkoffer im Schließfach deponiert. Beim Lesen der Gebrauchsanweisung entdeckte er, daß der Tagestarif dreißig Centimes ausmachte, der Koffer demnach vor fünf Tagen deponiert worden war.

Unter welchen Umständen und auf welche Weise war der Schlüssel in der Zwischenzeit zu dem Unbekannten gelangt, der sich am Vorabend noch in Triest oder in Belgrad befunden hatte?

Als er den Schlüssel ins Schloß steckte, schien ihm, als entwickle sich zwischen ihm und dem Fremden eine Art Komplizenschaft. Aber wobei wurde er hier zum Komplizen?

Er warf einen Franken, dann ein Fünfzigrappenstück in den Schlitz, drehte den Schlüssel um, vergewisserte sich, daß ihn niemand beobachtete, und ergriff einen kleinen, nicht schweren bräunlichen Koffer. Es war eher das, was Geschäftsleute als Aktenkoffer bezeichnen, etwa fünfzehn auf vierzig auf fünfundzwanzig bis dreißig Zentimeter.

Ein paar Sekunden später stieg er vor dem Bahnhof in das erste der parkenden Taxis. Hochgewachsene Burschen kamen vorbei. Sie trugen kurze Hosen, derbe Nagelschuhe, einen grünen Rucksack auf dem Rücken, einen kleinen grünen Hut auf dem Kopf, genau wie auf Ansichtskarten aus den Bergen, und der starke Geruch nach Männerschweiß und Kochgeschirr, der ihm in die Nase drang, erinnerte ihn an Soldaten auf dem Heimmarsch vom Exerzieren.

Er mußte aus seiner Brieftasche den Zettel holen, den der Mann ihm gegeben und den er noch nicht einmal angesehen hatte: Arlette Staub, Rue du Bugnon 24.

»Rue du Bugnon 24. Das soll nur fünf Minuten weit sein.«

»Noch nicht mal. Nicht am Sonntag.«

Er hatte vergessen, daß Sonntag war. Wenn er an die endlosen Autokolonnen dachte, die er unterwegs überall gesehen hatte, wirkten die Straßen hier in der Stadt nahezu ausgestorben.

Sie fuhren bergauf, bogen ab, fuhren wieder bergauf – ganz Lausanne schien auf einem Steilhang erbaut zu sein. Er gewahrte weitläufige Gebäude, das Kantonskrankenhaus, mit Patienten und Schwestern an allen Fenstern und auf allen Terrassen.

Als das Taxi stoppte, merkte er es nicht.

»Wir sind da.«

Eine Reihe moderner Häuser gegenüber dem Krankenhaus, vor jeder Wohnung ebenfalls ein Balkon. Das Taxi hielt vor einer Bar, die ein paar Tische unter einer blaßgrünen Markise ins Freie gestellt hatte.

»Warten Sie bitte. Ich bin in ein paar Minuten zurück.«

Der Chauffeur machte sich nicht die Mühe zu antworten, während Calmar ein gewisses Schuldgefühl zu entwickeln begann. Wiederum beging er keine strafbare, verbotene Handlung, wenn er diesen Handkoffer zu der Adresse brachte, die ihm ein Unbekannter auf eine Seite eines Notizblocks gekritzelt hatte.

Weshalb also wollte er lieber unbemerkt bleiben und überlegte, ob sein nahezu weißer Anzug von italienischem Schnitt bei den Gästen, die auf der Terrasse Kaffee oder Bier tranken, Neugier erweckt hatte?

Er erwartete, wie in Paris eine Conciergenloge vorzufinden. Statt dessen entdeckte er eine Anzahl von Briefkästen, auf denen mit Visitenkarten oder handschriftlich die Namen der Bewohner vermerkt waren. Es waren vier gleiche Reihen, zweifellos den Stockwerken entsprechend, und der Name von Arlette Staub stand neben der Nummer 37 in der dritten Reihe.

Er betrat den Fahrstuhl, der ihn hinauf, in einen langen Flur, brachte. An den Türen waren die Namen wieder entweder auf Visitenkarten oder handgeschrieben zu lesen. Außerdem hatten sie alle ein verglastes Guckloch von der Größe eines Knopfes. Durch diesen Spion konnten sich die Mieter vor dem Öffnen vergewissern, wer draußen stand.

37... Die letzte Tür am Ende des Ganges. Er drückte auf die Klingel, plötzlich schweißgebadet wie während der größten Tageshitze, ohne ersichtlichen Grund von Panik ergriffen und nur noch bestrebt, das Ganze schleunigst hinter sich zu bringen.

Wurde er durch das Guckloch in der Mahagoni- oder Palisandertür beobachtet?

Er verlor die Geduld, klingelte abermals, spitzte die Ohren, und da sich noch immer nichts rührte und er keinerlei Geräusch hörte, legte er automatisch die Hand auf die Klinke.

Die Tür gab, sozusagen ohne sein Zutun, nach, und er trat einen Schritt vor.

»Darf ich eintreten? Hallo, Mademoiselle Staub! Sie haben Besuch!«

Ein beigefarbener Leinenmantel hing auf der anderen Seite der Diele, und links führte eine offene Tür in ein sonnendurchflutetes Wohnzimmer. Die Balkontür stand ebenfalls weit offen, und die Luft von draußen bauschte den Vorhang wie vorhin das Rollo im Zug.

»Hallo! Besuch für Sie!«

Er fügte sinnloserweise hinzu:

»Ist niemand da?«

Er war versucht, den Koffer auf den Boden zu stellen, sich aus dem Staub zu machen, die Tür wieder hinter sich zu schließen und sich zum Bahnhof zurückfahren zu lassen. Doch als er es tun wollte, entdeckte er am Fußende einer hellblauen Couch ein Paar Schuhe, zwei Beine, ein Unterkleid, dann schließlich den Nacken und das rötliche Haar einer Frau. Sie lag der Länge nach auf dem Teppich, dessen Blau eine Schattierung dunkler war als der Couchbezug, einen Arm ausgestreckt, den anderen wie verrenkt unter sich angewinkelt.

Ihr Gesicht sah er nicht, da sie auf dem Bauch lag, und auch keinerlei Blutspuren. Er beugte sich nur kurz hinunter, um ihre Hand zu berühren.

»Mademoiselle Staub!«

Doch Mademoiselle Staub war eindeutig tot. Er überlegte nicht, traf keine Wahl zwischen den verschiedenen möglichen Verhaltensweisen, sondern entfernte sich rückwärts, schloß eilends die Tür und hastete zur Treppe, ohne sich lange mit dem Fahrstuhl aufzuhalten. Erst unten wurde ihm klar, daß er noch immer den Aktenkoffer in der Hand trug.

Er verspürte den flüchtigen Wunsch, wieder nach oben zu gehen, aber sein Chauffeur hatte ihn bereits entdeckt, langte hinaus und öffnete den Wagenschlag.

Zum Glück. Sonst wäre er womöglich in das kleine Café

gestürzt und hätte sich einen Schnaps bestellt, um sein Gleichgewicht wiederzufinden.

»Zum Bahnhof?«

»Ja, bitte.«

Ganz gleich wohin, wenn er nur schnell von hier wegkam. Während der Wagen wendete, um die Straße wieder hinunterzufahren, bemerkte er auf einigen Balkons des Hauses Leute: ein Paar, das die Arme auf die Brüstung aufstützte, ein Kind im roten Badeanzug wie seine Tochter, das spielend vor einem buntbemalten Karren kauerte, und im vierten Stock glaubte er eine Frau auszumachen, die ebenfalls auf dem Bauch lag und ein Sonnenbad nahm.

Was hätte er tun sollen? Er meinte sich an ein Telefon im Wohnzimmer zu erinnern. Wäre es nicht seine Pflicht gewesen, sofort die Polizei zu rufen? Er hatte nicht daran gedacht, sondern nur einen einzigen Gedanken gehabt – so schnell wie möglich von der Toten wegzukommen. Und erst jetzt wurde ihm seine Situation klar.

Was hätte er den Polizisten geantwortet, die ihn in einer fremden Wohnung vorgefunden hätten, vor der Leiche einer fremden Frau, in einer Stadt, die er gerade zum erstenmal in seinem Leben betreten hatte?

»Man hat mich beauftragt, ihr diesen Aktenkoffer zu überbringen.«

»Wer?«

»Das weiß ich nicht. Ein Mann mittleren Alters. Er saß im gleichen Abteil wie ich in dem Zug von Venedig nach Genf.«

»Sein Name? Seine Adresse?«

»Keine Ahnung.«

»Warum hat er Ihnen diesen Auftrag gegeben?«

»Weil er nach Genf weiterfahren mußte und der Zug nur drei oder vier Minuten Aufenthalt in Lausanne hatte.«

»Es gibt doch noch andere Züge.«

»Er mußte in Cointrin ein Flugzeug erreichen.«

»Wohin?«

»Das hat er mir nicht gesagt.«

»Aber er hat Ihnen diesen Koffer anvertraut und Ihnen erzählt, daß er ein Flugzeug nehmen will.«

»Ja.«

»Dann ist er also jetzt unterwegs nach Genf.«

»Das glaube ich nicht.«

»Wieso?«

»Weil ich ihn nach dem Simplontunnel nicht mehr im Zug gesehen habe.«

»Sie meinen, er sei mitten im Tunnel ausgestiegen?«

»Das weiß ich nicht.«

»Trotzdem sind Sie mit dem Koffer hierhergekommen. Wo hat er ihn Ihnen übergeben?«

»Er hat ihn mir nicht selber übergeben, sondern mir den Schlüssel zu einem Schließfach im Bahnhof ausgehändigt. Hundertfünfundfünfzig – ich erinnere mich genau an die Nummer. Außerdem hat er mir Kleingeld und einen Zehnfrankenschein für das Taxi gegeben...«

Unmöglich! Er malte sich die Szene aus, dann die gleichen Fragen im Büro eines Polizeireviers und danach zweifellos noch einmal im Amtszimmer eines Untersuchungsrichters.

Er hatte nichts Unrechtes getan, war nicht einmal ernstlich zu dieser Gefälligkeit bereit gewesen, sondern gewissermaßen dazu genötigt worden. Eigentlich war ihm dieser Koffer durch ein Zusammentreffen unvorhergesehener Umstände in die Hände geraten, hatte er die Tür von Arlette Staub nicht aus freien Stücken aufgestoßen. Selbst diesen Namen hatte er wenige Minuten zuvor noch nicht gekannt, obwohl er auf einem Zettel stand, den er in seiner Brieftasche bei sich trug.

Sie schien wirklich tot zu sein. Ihre Hand war eiskalt gewesen. Woran sie getorben war, wußte er nicht. Konkret sagen konnte er nur, daß sie hochhackige Schuhe, straff sitzende Strümpfe, einen Unterrock aus blaßrosa Seide anhatte und sich offenbar gerade fertig anziehen wollte, als sie starb.

Sie hätte nur noch in ein Kleid zu schlüpfen und die Handtasche zu nehmen brauchen, die beide auf der Couch lagen.

Das Wohnzimmer wirkte elegant, luxuriös. Vermutlich gab es außerdem noch ein Bad, eine Küche und vielleicht ein weiteres Zimmer, sofern sich die Couch nicht nachts in ein Bett verwandeln ließ. Er hatte keine Ahnung und beschränkte sich auf Mutmaßungen. Wieder einmal wußte er nichts.

Aber er konnte doch unmöglich auf jede Frage die Antwort schuldig bleiben.

»Vier Franken siebzig.«

Er gab dem Chauffeur seinen Zehnfrankenschein, unschlüssig, ob er den Koffer einfach im Wagen zurücklassen sollte. Damit riskierte er, daß ein Fahrgast ihn vor seiner Weiterfahrt nach Paris entdeckte und den Eigentümer ausfindig zu machen versuchte. Ein Kinderspiel – mit dem hellen Anzug, der auf der stundenlangen Reise von Venedig völlig zerknittert war, wäre er mühelos zu identifizieren.

Es war erst halb sieben. Am Lido brachen Dominique und die Kinder jetzt vom Strand auf, wo es abends meist kühl wurde, und machten sich, mit Bademänteln, Eimern, Schaufeln, dem Wasserball und der großen Leinentasche beladen, auf den Weg zur Pension.

»Kann ich nicht morgen früh duschen, Mama? Du siehst doch, ich bin nicht schmutzig...«

Jeden Abend dieselbe Platte.

»Ihr seid beide voller Sand...«

»Der Sand ist ganz sauber. Meerwasser reinigt alles...«

»Könnt ihr nicht mal den Mund halten, Kinder? Von eurem dauernden Geschnatter kriegt man ja Kopfschmerzen...«

Dann kam meist Dominiques Appell an ihn: »Justin, sprich du doch ein Machtwort! Wenn wenigstens deine Tochter mit dem endlosen Palaver aufhören würde...«

Er ging hinunter zu den Bahnhofstoiletten mit dem noch vagen Vorsatz, den Koffer dort zu lassen, war sich aber klar darüber, daß er das nicht unbemerkt tun konnte. Niedergeschlagen machte er kehrt. Es fehlte nicht viel, und er hätte sich auf die Stufen gesetzt, den Kopf in die Hände gestützt und abgewartet, was weiter passieren würde.

Fast zwei Stunden hatte er noch vor sich, die beiden gefährlichsten, wie ihm schien.

Zu Recht oder zu Unrecht stellte er sich vor, sobald er im Zug säße, würde er sich ruhiger fühlen, vor allem nach Passieren der Grenze.

Er stieß die Tür zum Bahnhofrestaurant erster Klasse auf, sah keine Theke und mußte sich hinsetzen. Er bestellte einen Whisky, was selten bei ihm vorkam, denn bis auf einen Schluck Wein zum Essen trank er fast nie Alkohol. Der Unbekannte hatte ihm Lust gemacht, den Campari-Soda zu probieren, und von dem hatte er im Lauf des Tages fünf bis sechs Fläschchen geleert.

»Ich bin ein anständiger Mensch!«

Das war er immer gewesen. Stets hatte er sich größte Mühe gegeben, sich oft für andere aufgeopfert, zum Beispiel jetzt in Italien, wo er seinen Urlaub an einem Strand verbracht hatte, der ihm vom ersten Tag an zuwider gewesen war.

Die Zimmer in der Familienpension waren eng, ohne jeden Komfort. Manchmal mußte er eine halbe Stunde warten, bis der Duschraum hinten im Flur frei war. Auf Wunsch der Kinder blieb die Tür zwischen dem elterlichen und ihrem Schlafzimmer die ganze Nacht offen, so daß seine Frau und er sich nur von Zeit zu Zeit ein paar Minuten für verstohlene Zärtlichkeiten hatten nehmen können. Und auch die waren ständig durch Dominiques »Pst!« oder »Vorsicht!« gestört worden.

Womit hatte er es verdient, daß er so weit gekommen war, sich fast Gewissensbisse zu machen wie ein Verbrecher, sich letztlich genau wie ein Verbrecher aufzuführen?

Warum war der Mann, dessen Namen er nicht kannte, zwischen Domodossola und Brig verschwunden, als der Zug durch den endlosen Simplontunnel fuhr? Seine Stimmung jedenfalls hatte den ganzen Tag über nicht auf irgendwelche Selbstmordabsichten schließen lassen.

Dennoch hatte er unter einem Vorwand – und danach sah es mehr und mehr aus – den ihm bis dato unbekannten Calmar mit einem offenbar wichtigen Auftrag betraut.

Was enthielt der Koffer, der jetzt neben ihm auf einem Stuhl stand?

Und wenn er sich nicht das Leben genommen hatte, warum und wie war er dann verschwunden? Hatte ihn jemand aus dem Zug gestoßen, als er die Toilette betrat oder verließ?

Dafür sprach eigentlich mehr, als daß er in Brig in der Menge untergetaucht war; denn an einem solchen Grenzübergang wurden die Pässe sämtlicher Reisenden kontrolliert, im Zug ebenso wie am Bahnhofsausgang.

»Mademoiselle...«

Er schnalzte mit den Fingern, um die Kellnerin auf sich aufmerksam zu machen.

»Bitte noch einmal das gleiche.«

»Einen Whisky!«

Und wenn man ihn nun beim französischen Zoll aufforderte – was anzunehmen war –, den Aktenkoffer zu öffnen, für den er nicht einmal den Schlüssel besaß?

»Enschuldigen Sie, Messieurs, ich habe den Schlüssel unterwegs verloren...«

Der Aktenkoffer war allerdings stabil, aus echtem Leder, nicht aus Kunststoff – damit kannte er sich aus, war er doch seit fast zehn Jahren in der Plastikbranche!

Abgenutzt freilich und unansehnlich. Bestimmt war er in Wartesälen von Bahnhöfen und Flugplätzen und in zahllosen Büros herumgeschleppt und dabei so verschlissen worden, aber er hatte solide Schlösser, keine dieser

Dutzendware, die man mit dem Taschenmesser knacken konnte.

»Lieber Gott, mach, daß...«

Er glaubte nicht an Gott, nicht mehr. Oder vielleicht glaubte er, wenn er in Bedrängnis war, insgeheim doch noch ein wenig an ihn. Als Josée vor zwei Jahren an einer akuten Blinddarmentzündung operiert werden mußte, hatte er genauso gemurmelt: »Lieber Gott, mach, daß...«

Er hatte sogar ein Gelübde abgelegt, an das er sich nicht mehr recht erinnerte, das er im übrigen auch nicht erfüllt hatte. Was würde seine Tochter, was würde seine Frau denken, sollten sie erfahren, daß er unter dem Verdacht, eine junge Frau in einer fremden Wohnung in Lausanne ermordet zu haben, verhaftet worden war?

Und Monsieur Baudelin? Und sein Freund Bob, der Zeichner, und alle seine Kollegen?

»Ich überlege gerade, ob ich nicht eine Kleinigkeit essen sollte, Mademoiselle. Hat der Zug nach Paris einen Speisewagen?«

»Der 20.37 Uhr? Ich fürchte, nein. Was hätten Sie denn gern? Es gibt Barschfilet, Hühnerfrikassee und überbackene Morcheln auf Toast.«

Er hatte keinen Hunger, bestellte aber die Morcheln, weil er die zu Hause selten bekam.

»Und was möchten Sie trinken? Einen Waadtländer oder einen Beaujolais?«

»Beaujolais bitte.«

Es war ihm egal. Alles war ihm egal, bis auf diesen Handkoffer, der an ihm hängengeblieben war, und ebenso diesen Anzug, den seine Frau ihm für die Reise aufgeschwatzt hatte und in dem er genausoviel Aufsehen erregte, als ob er eine Fahne schwenkte.

»Lieber Gott, mach, daß…«

Fünf Personen saßen im Abteil, darunter ein Priester, und Calmar hatte nicht einmal einen Fensterplatz, sondern war eingezwängt zwischen einer Dame in den Fünfzigern, die unaufhörlich von ihm wegrückte, als sei ihr seine Nähe lästig, und einem alten Mann mit der Rosette der Ehrenlegion, der den *Figaro* las und nach der Grenze friedlich wie im eigenen Bett einschlief.

Der Priester ihm gegenüber trug schwarze Schuhe mit breiten Silberschnallen. Neben ihm saß der Ehemann der Fünfzigerin, klein, mager, nervös; er entschuldigte sich zehnmal, wenn er sich zwischen den Beinen der Mitreisenden hindurchzwängte, um in den Gang und zur Toilette zu gelangen.

»Hast du deine Tabletten genommen?«

»Ja. Gleich nach dem Abendessen in Lausanne.«

»Zwei?«

»Aber sicher.«

»Hast du Verdauungsbeschwerden?«

Verlegene Blicke streiften die andern in der Hoffnung, daß sie nicht zuhörten.

»Du hättest keine Kalbszunge essen dürfen. Du weißt doch, daß sie dir nicht bekommt.«

Ein alleinreisendes junges Mädchen, hochgewachsen und schlank, zeigte in der anderen Ecke unbefangen ihre Beine. Sie hatte rötliches Haar wie Arlette Staub, und jedesmal, wenn Calmar unfreiwillig ein bißchen nacktes

Fleisch oberhalb der Strümpfe zu Gesicht bekam, erinnerte es ihn an die Leiche auf dem blauen Teppichboden in der Rue du Bugnon.

Am erstaunlichsten war, daß er Arlette nicht wiedererkannt hätte, wenn er ihr irgendwo, beispielsweise hier im Zug, begegnet wäre. Er mußte Bescheid wissen. Die französischen Zeitungen würden wahrscheinlich nicht über ihren Tod berichten, es sei denn, es handelte sich um ein sensationelles Verbrechen.

Die Lokalzeitung war offenbar die *Tribune de Lausanne*. Jemand hatte ihm einmal erzählt, daß man am Kiosk auf der Place de l'Opéra gegenüber dem Café de la Paix sämtliche ausländischen Zeitungen bekommen könne, und er nahm sich vor, dort am nächsten Tag das Schweizer Blatt zu kaufen.

Ob der Fall schon publik geworden war? Hatte man die Leiche inzwischen entdeckt? Wenn die junge Frau allein lebte und keine Putzfrau hatte, würden vielleicht mehrere Tage verstreichen, zumal Ferienzeit war, ehe man sich ihretwegen Sorgen machte.

Er hätte keinen Whisky trinken und auch keine Morcheln essen sollen. Ihm war genauso elend zumute wie dem Mann seiner Nachbarin; wenn es ihm möglich gewesen wäre, hätte er sich auf der Toilette übergeben. Der bevorstehende Zoll machte ihn krank. Noch nie im Leben hatte er sich so einsam gefühlt, und diesen Zustand verabscheute er mehr als jeden anderen.

Wenn er ganz allein im Abteil gewesen wäre, hätte er weniger darunter gelitten. Aber sie saßen hier zu sechst, starrten einander an, sprachen nicht miteinander, und in allen diesen Blicken, nicht nur denjenigen, die ihm galten, lagen Mißtrauen und Vorwürfe.

Das galt sogar für die Frau zu seiner Linken und ihren Mann. Sie verübelte ihm, daß er etwas Bestimmtes gegessen hatte, daß er die anderen jedesmal störte, wenn er aufstand, und er wiederum trug ihr ihren Mangel an Verständnis und ihre Vorwürfe nach.

Calmar fühlte sich nie ganz glücklich unter vielen Leuten, und der Kauf eines Autos hatte nicht deshalb eine solche Erleichterung für ihn bedeutet, weil er sich damit völlige Bewegungsfreiheit verschaffen konnte, sondern weil er den Blicken entging, mit denen sich die Menschen in der Metro oder im Omnibus gegenseitig anstarrten.

Dominique gegenüber würde er das natürlich niemals zugeben; er hatte sie in erster Linie geheiratet, um nicht mehr allein zu sein. Selbstverständlich liebte er sie auch. Sie hatte ihm vom ersten Tag an gefallen. Doch wenn er ihr nicht begegnet wäre, hätte er eben eine andere geheiratet.

Und genau wie seine Nachbarin mit ihrem Mann haderte, verargte er es Dominique, daß sie ihm die Menschenmassen am Lido zugemutet hatte, insbesondere die Enge in der Familienpension, wo die Gäste einander während der Mahlzeiten wie in einem Speisewagen fixierten.

Was vielleicht noch schlimmer war – er nahm es auch ihr irgendwie übel, wenn sie ihn ansah; ihn musterte, als ob sie dächte:

Was ist er eigentlich für ein Mensch? Er ist mein Mann. Ich lebe seit dreizehn Jahren mit ihm zusammen. Wir schlafen im gleichen Bett. Unsere Körper haben keine Geheimnisse mehr voreinander. Aber was denkt er, wenn er mich bei der Rückkehr aus dem Büro küßt? Was hat er tagsüber gemacht? Was geschähe, wenn ich sterben würde? Was empfindet er wirklich für die Kinder?

Sie waren bereits in Vallorbe, und die übliche Prozedur mit Grenzpolizisten und Zollbeamten begann.

»Bitte die Pässe bereithalten.«

Wie ein Schuldiger rechnete er damit, daß sein Ausweis eingehender kontrolliert würde als die anderen; aber er bekam ihn nach einem flüchtigen Blick zurück.

»Haben die Herrschaften nichts zu verzollen?«

Selbst der Priester hatte einen anderen Augenausdruck, als er wie die übrigen mit gespielter Aufrichtigkeit reagierte.

»Nein, gar nichts...«

»Was ist in diesem Koffer?«

»Wäsche, ein paar Devotionalien, die ich aus Rom für meine Pfarrkinder mitgebracht habe...«

»Kein Gold, keine Schmucksachen, keine Uhren? Keine Schokolade, Zigarren, Zigaretten?«

Der Ehemann mußte auf die Bank klettern, den braunen Koffer herunterholen und ihn öffnen. Die Hände des Zöllners schoben sich unter die Kleidung und die Wäsche.

»Was ist in diesem Aktenkoffer?«

»Geschäftspapiere...«, erklärte Calmar zu seiner Überraschung ungezwungen.

»Gehört der Koffer Ihnen?« fragte der Beamte den Nächsten.

»Ja...«

»Öffnen Sie ihn.«

Uff! Der Koffer enthielt keine zollpflichtigen Gegenstände, und der Zollbeamte war zufrieden. Ohne einen von ihnen zur Kasse zu bitten, verschwand er im Abteil nebenan.

Andere hatten offensichtlich ein weniger gutes Gewissen, denn ein Paar schleppte sein schweres Gepäck zum Zollbüro, und am Gang der Frau mit den hohen Absätzen erkannte man, daß sie auf Scherereien gefaßt war.

Der Zug fuhr weiter – vorne die friedlichen Schlaf- und Liegewagen, zu denen Calmar der Zutritt verwehrt war, weil er sich nicht rechtzeitig um einen Platz gekümmert hatte; dann die normalen Wagen wie dieser, wo jeder zu schlafen versuchte, nachdem die Nachtbeleuchtung eingeschaltet worden war. Nur der alte Herr schnarchte leicht, während das junge Mädchen ihm gegenüber noch viel mehr von ihren Beinen zeigte, die sie jetzt angewinkelt hatte.

Er bemühte sich, an nichts zu denken, sich dem Schaukeln des Zuges zu überlassen, doch sobald er einzunicken glaubte, fiel ihm wieder irgendeine Einzelheit, die sich an diesem Tag zugetragen hatte, ein, und sein Verstand begann von neuem zu arbeiten.

Warum war die Wahl des Unbekannten gleich in Venedig auf ihn gefallen?

Das war idiotisch. Er hatte ihn ja gar nicht ausgewählt, denn es gab niemand anders im Abteil. Trotzdem hatte er ihn einer Art Prüfung unterzogen, ihm präzise Fragen gestellt. Er wollte wissen, mit wem er es zu tun hatte.

Und das hatte er sofort herausgefunden. Mit einem anständigen Menschen. Mit einem anständigen Trottel, auf den man sich bei einem solchen Auftrag verlassen konnte.

Andernfalls hätte er zweifellos das Abteil gewechselt und sich an jemand anders gewandt.

Was sein Verschwinden betraf... Einen Moment lang hatte er an eine Entführung gedacht – aber doch nicht ausgerechnet aus einem Zug mitten in einem Tunnel wie dem Simplon!

Blieb also absichtliches Untertauchen oder Selbstmord. So oder so betrog er ihn damit sozusagen.

Selbstverständlich wußte der Mann nicht, daß Arlette Staub tot war, sonst hätte er sich nicht so viel Mühe gemacht, ihr den Aktenkoffer überbringen zu lassen, mit dem sie nichts mehr anfangen konnte.

Letztlich war es falsch von Calmar, so strenge Maßstäbe anzulegen: Ohne den Tod der jungen Frau wäre er nichts weiter als ein freiwilliger Bote gewesen, eine ganz gewöhnliche, gefahrlose Rolle.

Und dennoch... Es blieb das Gepäckschließfach, in dem sich der Aktenkoffer nur fünf Tage befunden hatte. Der Unbekannte aber, der aus Triest oder Belgrad, wenn nicht anderswoher zurückkehrte, war im Besitz des Schlüssels. Hatte man ihm den mit Eilbrief geschickt? Hatte er den Aktenkoffer vor seiner Reise deponiert?

Aber warum? Warum dies? Warum jenes? Warum er? Warum das Ganze?

Schließlich nickte er ein, hörte im Halbschlaf Dijon ausrufen, Türen zuschlagen, Anweisungen des Bahnpersonals, und als er aufwachte, war es hellichter Tag. Der Priester, der offenbar nicht geschlafen hatte, betrachtete ihn und war verlegen, als Calmar seinen Blick auffing; möglicherweise meinte er, er hätte Calmars Schlaf ausgenützt, um ihn einer Prüfung zu unterziehen. Einer Gewissensprüfung...

Unsinn! Er durfte solche Gedanken gar nicht erst aufkommen lassen, stand auf, holte seinen Rasierapparat aus dem Koffer und schloß sich eine gute Viertelstunde im Waschraum ein. Als er herauskam, blieb er im Gang, versuchte sich zu orientieren, erkannte die Seineufer bei Melun, machte sich auf die Suche nach dem Speisewagen, durchquerte ein halbes Dutzend Wagen, bis er auf einen Beamten traf, der ihm mitteilte, es gebe keinen.

Endlich, um halb sieben Uhr morgens, erreichten sie die Gare de Lyon. Er mußte den langen Weg ganz vom Ende des Zuges zurücklegen. Als er dann am Zeitungskiosk vorbeikam, erkundigte er sich neugierig:

»Führen Sie die *Tribune de Lausanne*?«

»Ja, Monsieur, die *Tribune* und die *Gazette*.«

»Die heutige haben Sie wohl noch nicht?«

»Die Montagmorgenausgabe bekommen wir erst gegen halb eins.«

»Ist sie auch in der Stadt erhältlich?«

»Auf jeden Fall an den Kiosken an den Champs-Elysées und bei der Oper.«

»Vielen Dank.«

Unbehelligt zu Hause anzukommen, das wurde zur fixen Idee, verdrängte jeden anderen Gedanken. Atemlos wies er einen Taxifahrer an:

»Rue Legendre… Ich sage Ihnen dann, wo Sie halten sollen.«

Dennoch ließ er den Wagen vor einem Café mit Tabakladen halten, denn er hatte keine Zigaretten mehr und Lust auf eine Tasse Kaffee. Geistesabwesend verzehrte er zwei Croissants, trotz seiner Sorgen mit Genuß. Das waren endlich wieder die echten, knusprigen Pariser Croissants!

»Bitte noch einen Kaffee.«

Zu Hause dann die unvermeidliche Concierge.

»Und wie geht's Madame, Monsieur Calmar? Und den Kindern? Die beiden Schätzchen kommen doch sicher in Venedig gar nicht mehr aus dem Staunen raus...«

Sie gab ihm Prospekte und ein paar Rechnungen, die gekommen waren, seitdem sie ihm die Post nicht mehr nachgeschickt hatte.

»Sie werden sehen, das Haus ist wie ausgestorben. Da haben wir schon den 20. August, und noch ist fast niemand zurück. Genauso in den Geschäften. Sie können sich nicht vorstellen, wie weit man nach Fleisch rennen muß!«

Da war er wieder, der gute alte, etwas wacklige Fahrstuhl mit dem vertrauten und zugleich undefinierbaren Geruch. Die Treppe mit dem braunen Läufer. Die braune Tür mit dem Messingknauf, der etwas angelaufen war, seitdem Dominique ihn nicht mehr täglich polierte.

Zuerst erlebte er eine Enttäuschung. Alles war dunkel. Er hatte nicht an die geschlossenen Fensterläden gedacht und machte sich unverzüglich daran, sie alle zu öffnen, sogar die im Kinderzimmer. Ebensowenig vergaß er, im Vorbeigehen den Kühlschrank wieder anzuschalten, und kehrte erst dann ins Eßzimmer zurück, wo er den Aktenkoffer auf dem Tisch abgestellt hatte.

Hatte er wirklich vor, ihn jetzt zu öffnen, ihn aufzubrechen? Theoretisch war er nicht dazu berechtigt, da ihm weder der Koffer noch dessen Inhalt gehörten.

Aber war es nach dem Verlauf des Geschehens nicht

notwendig, unerläßlich, sich über den Inhalt Klarheit zu verschaffen?

Scheingefechte. Er wußte schließlich nur allzugut, daß es für ihn keine Frage der Pflicht, sondern der Neugier war, daß er jetzt einfach Bescheid wissen mußte.

Und war es nicht auch Selbstschutz? Denn schließlich hatte er wegen dieses Koffers Stunden hinter sich, wie sie sonst nur einem Verbrecher beschieden sind. Dieser Aktenkoffer aber enthielt zweifellos die Erklärung für sein Mißgeschick.

Er besaß ebenfalls eine verschließbare Aktenmappe, in der er sich Arbeit aus dem Büro mit nach Hause nahm, und suchte in einer Schublade im Schlafzimmer nach seinem Schlüsselbund. Sein Blick fiel auf den stehengebliebenen Wecker. Er nahm sich die Zeit, ihn aufzuziehen – eine Art Verzögerungstaktik –, und zog dann auch noch die Uhr auf dem Marmorkamin im Wohnzimmer auf. Natürlich paßte der Schlüssel nicht, und er verbog ihn bei seinen vergeblichen Versuchen. Billige Dutzendware…

Er ging in die Küche, wo sie die üblichen Werkzeuge aufbewahrten: Hammer, Schraubenzieher, Zangen, Klammern, dazwischen den Korkenzieher und verschiedene Büchsenöffner.

Er gönnte sich einen letzten Aufschub, schloß die Wohnungstür ab, wie aus einem wachsenden Schuldgefühl heraus. Schließlich entledigte er sich noch seiner Jacke und der Krawatte und versuchte dann, die beiden Schlösser aufzubrechen, zuerst mit der Kneifzange, darauf mit der Flachzange, bis es ihm endlich mit dem Schraubenzieher glückte.

Die beiden Metallzungen sprangen auf, der Deckel hob sich leicht an. Er brauchte ihn nur noch mit der Hand hochzuklappen und sah die wohlgeordneten, wie von einem Fachmann nebeneinander aufgeschichteten Banknotenbündel vor sich.

Es waren keine französischen Francs, sondern vor allem Hundertdollarscheine, jeweils hundert in einem Päckchen, wie er auf Anhieb schätzte, daneben Fünfzigpfundnoten und weniger dicke Bündel mit Schweizer Franken.

Aus einer spontanen Reaktion heraus sah er hinüber auf die gegenüberliegende Straßenseite, aber die Frau, die beim Saubermachen in ihrem Schlafzimmer herumlief, wandte sich kein einziges Mal zu ihm um.

»Nicht sofort...«, murmelte er vor sich hin.

Nicht jetzt. Er mußte sich erst beruhigen, überlegen. Er war müde, überreizt nach einem Tag und einer Nacht in der Bahn, keineswegs in seiner normalen Verfassung. Zunächst mußte er wieder ins Gleichgewicht kommen.

Er nahm den Koffer mit, schob ihn halb geschlossen unter die Kommode im Schlafzimmer, ließ gleich darauf Wasser in die Badewanne ein und zog sich aus.

In seinem ganzen Leben hatte er sich noch nie so nackt, so allein gefühlt.

3

Wenn du nach Paris zurückkommst, muß dein Anzug in die Reinigung. Tu ihn bloß nicht in den Wäschekorb. Madame Léonard wäre glatt imstande, ihn in die Wäscherei zu geben, und ich traue diesen Mischgeweben nicht, sie laufen leicht ein. Am besten bringst du ihn selber zum Reinigen in die Rue des Dames.«

Nur zweimal hatte er in der Wohnung in der Rue Legendre allein gelebt, die beiden Male, als Dominique zur Entbindung in die Klinik gegangen war. Nein, dreimal. Sie war für drei Tage nach Le Havre gefahren, zur Niederkunft ihrer Schwester, die mit einem Maître d'hôtel bei der Compagnie générale transatlantique verheiratet war.

Geschah es aus Protest gegen diese Stimme, die er zu hören vermeinte, daß er den eierschalenfarbenen Anzug in den Wäschekorb stopfte?

»Du wirst todmüde sein bei der Ankunft, Liebling. Wenn du erst nachmittags wieder ins Büro mußt, versuch ein bißchen zu schlafen und überlaß Madame Léonard das Auspacken.«

Madame Léonard war die Putzfrau, die nur an zwei Nachmittagen in der Woche kam, eine winzige, dürre Person, aber mit einem mächtigen, derart ausladenden Hinterteil, daß sie immer vornüberzukippen schien. Sie hatte ihren kranken Mann fast zwanzig Jahre lang gepflegt. Von morgens bis abends ging sie putzen, und häufig arbeitete sie nachts noch als Leichenwäscherin.

Sie lebte jetzt allein in einer benachbarten Straße, irgendwo unter dem Dach, redete sozusagen mit keiner Menschenseele, murmelte höchstens in sich hinein: »Immer diese reichen Leute, typisch!«

Und reich war bei ihr jeder, für den sie arbeitete, auch die kleinen Kaufleute und sogar die Concierge.

In der Badewanne dachte er an sie und fragte sich, wie sie so leben konnte, ohne völlig zu verzweifeln. Gab es nicht Tausende, Zehntausende wie sie in Paris, abgesehen von denen, die noch viel schlechter dran waren, die sich in ihrer Wohnung kaum mehr fortbewegen konnten oder die, bettlägerig, auf die Nachbarin oder die Fürsorgerin angewiesen waren?

Unter der Kommode lag ein Vermögen, dessen Höhe er nicht kannte und vorerst auch nicht wissen wollte.

»Versuch zu schlafen und…«

Er versuchte es, denn er war wirklich müde. Er zog einen Pyjama an, als ob er nicht allein wäre, und legte sich ins Bett, nachdem er die Vorhänge zugemacht hatte. Was er auch tat, der Koffer spukte ihm hartnäckig im Kopf herum, gab ihm immer neue Fragen auf – ein wenig konfuse Fragen, denn das Bad hatte ihn nach vierundzwanzigstündiger Bahnfahrt träge und benommen gemacht.

War der Unbekannte von Venedig ein internationaler Dieb, der sich bewußt seiner bedient hatte, um den Koffer nicht persönlich abholen zu müssen?

Warum hatte man dann aber Arlette Staub umgebracht?

Übrigens befand sich in seiner Brieftasche noch der Zettel mit ihrem Namen und ihrer Adresse. Das war gefährlich. Sogar im Büro könnte er herausrutschen, wenn er die Brieftasche zog. Gesetzt den Fall, die Zeitungen hatten inzwischen seinen Namen veröffentlicht...

Er stand ein erstes Mal auf, ging zur Kommode, wo der Inhalt seiner sämtlichen Taschen deponiert war, und zerriß die Seite aus dem Notizbuch in kleine Fetzen. Als er sie in den Papierkorb werfen wollte, fiel ihm ein, daß Madame Léonard, die nachmittags allein in der Wohnung war, sie ja aus Neugier wieder zusammensetzen könnte.

Plötzlich wurde er von einer geradezu krankhaften Vorsicht erfaßt. Er verbrannte die Papierfetzen in einem Aschenbecher, leerte die Asche in die Toilette und spülte sie hinunter.

Als er sich wieder hinlegte, war er nicht mehr schläfrig. Er versuchte gar nicht erst, die Augen zu schließen. Und wenn nun die Banknoten falsch waren? Als Chef einer Falschmünzerorganisation konnte er sich den Unbekannten aus dem Zug schon eher vorstellen. Möglich war alles. Waffenhandel? Spionage?

Wieviel Geld war in dem Koffer? Wie um sich selbst seine Ruhe zu beweisen, hatte er sich fest vorgenommen, erst später nachzuzählen, gegen Mittag, nach zwei bis drei Stunden Schlaf. Doch nun stand er abermals auf, ließ die Vorhänge geschlossen, für alle Fälle, wegen der Frau von gegenüber, und setzte sich an Dominiques Frisierkommode.

Die Dollarbündel enthielten jeweils hundert Scheine. Weniger dick als ein Taschenbuch, stellte jedes dieser Päckchen einen Wert von zehntausend Dollar dar.

Zwanzig Notenbündel. All diese sichtlich neuen Geldscheine machten insgesamt zweihunderttausend Dollar aus! Bei den englischen Banknoten zählte er fünfzig Päckchen zu je zwanzig Scheinen, das machte fünfzigtausend Pfund.

Er stand auf, um sich ein Stück Papier und einen Bleistift zu holen, und errechnete die Gesamtsumme, die in dem Koffer lag. Die Dollars entsprachen ungefähr einer Million Franc; er wurde von einem plötzlichen Schwindel erfaßt, schwitzte aus allen Poren, seine Hand begann zu zittern.

Eine Million! Dazu fast siebenhunderttausend Franc in englischen Pfund. Nicht gerechnet die Banknoten unten im Aktenkoffer, die nicht einmal gebündelt waren wie die anderen: zwanzigtausend deutsche Mark und zehn große Schweizer Tausendfrankenscheine.

»Monsieur le commissaire, ich bringe Ihnen hier einen Aktenkoffer, der… den…. Ein Unbekannter im Zug Venedig–Genf hat mir einen Schlüssel gegeben und mich gebeten… Er hatte mir eine Adresse auf einen Zettel geschrieben… Den habe ich vorhin verbrannt… Warum?… Wegen Madame Léonard, unserer Putzfrau… Nein, ich hatte nicht die Absicht, das Geld zu behalten… Das Schloß habe ich aufgebrochen, um…«

Undenkbar. Kein Mensch, der seine fünf Sinne beisammen hatte, würde ihm diese Geschichte abnehmen.

»Ich bin im Taxi zu der angegebenen Adresse gefahren, Rue du Bugnon, zu einer gewissen Arlette Staub… Ich habe geklingelt… Weil niemand aufgemacht hat, hab ich automatisch am Türknauf gedreht, und die Tür ist aufgegangen... Die junge Frau war tot... Ich vermute, sie ist ermordet worden... Blut habe ich nirgendwo gesehen... Vielleicht hat man sie erwürgt?... Inzwischen ist die Polizei in Lausanne bestimmt informiert...«

Seine Verwirrung nahm zu, als ihm plötzlich einfiel, daß er den Koffer verstecken müßte, auf jeden Fall den Inhalt. Den Koffer selbst könnte er irgendwo wegwerfen, zum Beispiel in die Seine nach Anbruch der Dunkelheit. Den Nachmittag über konnte er ihn in einer der Kommodenschubladen einschließen.

Ob Madame Léonard bemerken würde, daß die Schubladen abgeschlossen waren? Denn er müßte dann schon alle drei zusperren, was noch nie vorgekommen war.

Zum erstenmal wurde ihm klar, daß kein einziges Möbelstück in der Wohnung je abgeschlossen worden war, daß es hier nicht eine Stelle gab, wo er irgend etwas verstecken konnte.

Seine Frau, seine Kinder, Madame Léonard, wer auch immer, seine Schwägerinnen oder seine Schwiegermutter konnten, wenn sie zu Besuch kamen, nach Belieben jede Schublade, jeden Schrank, jeden Wandschrank öffnen.

Am Samstag aber würde seine Frau mit den Kindern aus den Ferien zurückkehren. Er hatte noch keinen Entschluß gefaßt. Wenn er an ein Versteck dachte, bedeutete das nicht, daß er das Geld behalten wollte. Zumindest nicht endgültig. Doch um das genau zu wissen, mußte er sich viel Zeit lassen.

Immer noch im Pyjama, machte er die Runde durch die Zimmer. Zuerst ihr Schlafzimmer, typisch für ein durchschnittliches Ehepaar, ziemlich moderne Möbel von ganz guter Qualität, aber durch und durch alltäglich. Genau solche Zimmer mußte es in Tausenden von mehr oder minder gleichen Wohnungen geben.

Dennoch war diese hier ein Fortschritt. Nach ihrer Hochzeit hatten sie nur eine Zweizimmerwohnung in einem alten Haus am Boulevard des Batignolles mit gebrauchten Möbeln, darunter vor allem eines dieser sehr hohen Nußbaumbetten, wie sie seine Eltern früher im Schlafzimmer gehabt hatten.

Jetzt schliefen sie in einem niedrigen Bett, an das er sich nur sehr langsam gewöhnt hatte. Das galt auch für die zierliche Kommode, für die zierlichen Sessel mit dem orangefarbenen Samtbezug, für den Tisch, für die Frisiertoilette.

Seine Schwiegereltern hatten ihm diese Wohnung vermacht, als Louis Lavaud, der Vater seiner Frau und Maître d'hôtel bei Wepler an der Place Clichy, sich pensionieren ließ, um sich auf dem Hügel bei Poissy selbständig zu machen.

Bei den Lavauds war die Wohnung düster gewesen. Das Wohnzimmer, heute genauso modern eingerichtet wie das Schlafzimmer, hatte damals eine goldbraune Tapete, die Cordoba-Leder vortäuschen sollte.

»Ihr könnt tun und lassen, was ihr wollt, Kinder, das ist jetzt euer Heim, aber eine Tapete von dieser Qualität findet ihr nie wieder. Man kann sie gründlich abwaschen, ohne daß sich auch nur eine Blase bildet. Wie oft hast du sie abgewaschen, Joséphine?«

Damals waren auch die Möbel schwer, massiv Eiche, und die Stühle um den Tisch in der Mitte mit gaufriertem Leder bezogen.

Genau wie in Gien, bei seinen Eltern! Außer daß bei seinen Eltern das Eßzimmer fast nie benutzt, sondern in der Küche, hinter dem Laden, gegessen wurde.

Er war kein Dieb.

Er hatte nicht die Absicht, dieses Geld zu verwenden, das jetzt niemandem zu gehören schien.

Gesetzt den Fall, er würde der Polizei eine Personenbeschreibung des Unbekannten aus dem Zug geben... Gesetzt den Fall, er würde lebend wiederaufgefunden... Hieße das nicht das Vertrauen mißbrauchen, das dieser Mann in ihn gesetzt hatte?

Und dieses Vertrauen hatte er ihm ja nicht aufs Geratewohl geschenkt, nur weil er im gleichen Abteil saß. Vielmehr hatte er ihn lange beobachtet, ihm gezielte Fragen gestellt, so daß er bereits in Mailand über ihn und sein ganzes Leben nahezu lückenlos Bescheid wußte.

Sogar daß er in der Volksschule und dann im Gymnasium von allen »Fleischmade« genannt wurde. Nicht nur, weil er rundlicher war als seine Mitschüler. Der Spitzname rührte daher, daß sein Vater mit Angelgeräten handelte, am Quai Lenoir, unweit vom Vieux Pont, der über die Loire führte.

Das Haus war schmal, dafür sehr hoch, mit einem jener gezackten Giebel, wie man sie noch in Brüssel sieht. Der ebenfalls enge Laden war vollgestopft mit Angelruten aus Schilfrohr und Bambus; die verglasten Schubfächer an den Wänden enthielten Schwimmer in sämtlichen Farben und Größen, Schnüre aus Seide und Roßhaar, Bleikugeln, Hunderte, vielleicht Tausende von Artikeln, unter denen sich nur sein Vater zurechtfand.

Obendrein verkaufte er noch Fleischmaden, alle möglichen Würmer nebst entsprechenden Behältern, und sonntags hatte er für den Hechtfang stets einen Kasten voller Gründlinge parat.

Sein Vater war hochgewachsen und mager, das genaue Gegenteil von ihm, blond, mit hellem, herabhängendem Schnauzbart; Justin hatte ihm einen Spitznamen gegeben, darüber aber striktes Stillschweigen gewahrt: der blutarme Gallier.

Denn er wirkte mit seinem blassen, sommersprossigen Teint so kraftlos und ewig müde, als ob die lange Gestalt jeden Moment zusammenknicken könnte.

Er war jung gestorben, mit zweiundvierzig Jahren, an einem Brustleiden. Seine Mutter sprach von einer Lungenentzündung, doch wahrscheinlich hatte es sich um Tuberkulose gehandelt.

Sie hatte das Geschäft weitergeführt, betrieb es immer noch allein, unterstützt von Oscar, der nach wie vor samstags mit dem Wurfnetz auf Gründlingsfang ging und hinten im Garten die »Fleischmadenfabrik« unterhielt. Als die Nachbarn sich beschwerten, hatte man die Stange, auf die ein vom Metzger gelieferter Hammelkopf gesteckt wurde, durch einen Laubengang getarnt. Nach ein paar Tagen wimmelte es von Maden, die eine nach der anderen in ein mit Sägemehl bestreutes Sieb purzelten.

Sie wurden löffelweise verkauft. In seiner Kindheit kostete ein Suppenlöffel voll Fleischmaden fünfundzwanzig Centime.

Warum dachte er daran, während er ein Versteck für die Geldscheine suchte? Es gab keinen Ort. Nicht einmal der große Spiegelschrank aus den ersten Jahren ihrer Ehe war noch da, auf dem man oben hinter dem Kranzgesims etwas vor Blicken geschützt aufbewahren konnte.

Er holte seine Aktentasche, entleerte sie – sie enthielt lediglich Prospekte – und stopfte die Banknotenbündel hinein. Einen einzigen Hundertdollarschein nahm er heraus, der sollte einem Experiment dienen.

Es handelte sich um einen durchaus notwendigen Versuch. Mit Diebstahl hatte das immer noch nichts zu tun, zum Dieb würde er niemals werden. Aber mußte er nicht wissen, ob das Geld echt oder falsch war, um sich entsprechend verhalten zu können?

»Vor allem geh regelmäßig bei Etienne essen, Justin…«

Eine Schrulle, wie sie zweifellos in jeder Ehe vorkommt. Oder, wenn man so will, eine Tradition. Als er noch am Lycée Carnot unterrichtete und sie sehr wenig Geld hatten, leisteten sie sich gelegentlich ein richtiges Diner in einem Restaurant am Boulevard des Batignolles, einem altmodischen Lokal mit Spiegeln an den Wänden, einer hohen Theke für die Kassiererin und Metallkugeln für die Geschirrtücher. Madame Etienne thronte an der Kasse, und Monsieur Etienne, der eine gewaltige rote Nase hatte, ging von Tisch zu Tisch und empfahl normannische Seezunge oder das Cassoulet. Während Dominiques Schwangerschaften waren sie oft dort gewesen, ebenso an mehreren Hochzeitstagen. Seine Frau war heute noch davon überzeugt, daß man nur bei Etienne gut und gesund aß. Nun, er würde nicht bei Etienne zu Mittag essen. Er hatte anderes zu tun, hatte ganz andere Sorgen. Und das nur als Sorgen zu bezeichnen war stark untertrieben!

Er machte die Vorhänge auf und zog sich dann an. Auf gut Glück schaltete er das Radio ein, hörte aber nur Schlager und Werbung.

»Die Anzahl der an diesem Wochenende eingesetzten Sonderzüge stellt einen Rekord dar. Das ist darauf zurückzuführen, daß die meisten Urlauber den Feiertag für ein verlängertes Wochenende genutzt haben.«

Es bestand kaum Aussicht, daß der Sender Europe 1 oder Radio Luxembourg von einer jungen Frau berichteten, die tot in einer Wohnung in Lausanne aufgefunden worden war, sofern der Fall nicht internationale Bedeutung besaß. Das zu beurteilen war jedoch nahezu unmöglich, solange man nichts von der Existenz des Aktenkoffers wußte.

Am Bahnhofskiosk hatte man ihm gesagt, daß die Zeitungen aus Lausanne zwischen zwölf und halb eins kämen.

Er konnte den Aktenkoffer mit den beiden aufgebrochenen Schlössern nicht in der Wohnung lassen und Madame Léonards Neugier preisgeben. Zuvor müßte er ihn wohl besser einpacken. Abermals wurde ihm dabei klar, wie schwierig bestimmte Dinge waren, die einem auf Anhieb einfach und selbstverständlich erschienen. Es gab kein Packpapier im Hause!

In der Schublade mit den Werkzeugen und Büchsenöffnern fanden sich zwar haufenweise Bindfadenreste, aber festes braunes Papier, wie man es zum Einwickeln von Paketen verwendet, war nirgends zu entdecken.

Wegen der Ferien und des großen Hausputzes, den Madame Léonard während ihrer Abwesenheit veranstaltet hatte, gab es auch nirgends mehr alte Zeitungen.

Ihm fiel ein, daß die Schubfächer der Kommode mit Papier ausgelegt waren, zwar nicht mit braunem, sondern mit blauem. Er nahm sich einen Bogen, den zu ersetzen ihm reichlich Zeit blieb. Allerdings würde es Dominique bemerken, daß er neuer aussah als die anderen.

»Nanu, du hast das Papier in der zweiten Schublade ausgewechselt?«

Dort lagen seine Hemden und seine Unterwäsche. Was würde er antworten?

»Ich hab was verschüttet...«

Was verschüttet? Man trinkt doch nicht Kaffee oder ein Glas Wein, während man ein Hemd aus der Schublade nimmt.

»Mir ist meine Zigarette runtergefallen und...«

Er würde sich schon etwas ausdenken. Wenn er sich bereits jetzt von diesen Nebensächlichkeiten beherrschen ließ, würde er nie zu Rande kommen.

Er machte ein einigermaßen festes Paket, schloß seine Aktenmappe ab, ließ sie an ihrem üblichen Platz im Wandschrank in der Überzeugung, daß Madame Léonard nicht auf die Idee kommen würde, das Schloß aufzubrechen, wie er es bei dem Aktenkoffer getan hatte.

Er dachte zuviel. Er mußte ruhig bleiben. Überlegen, gewiß, bevor er einen Entschluß faßte, aber überlegen, ohne sich verunsichern zu lassen.

Er ging nach unten. Die Concierge begrüßte ihn.

»Ich dachte, Sie hätten sich hingelegt... Nach so 'ner anstrengenden Reise...«

»Leider nein! Ich habe zu tun, Madame Godeau...«

»Übernehmen Sie sich bloß nicht. Ihre Frau hört das bestimmt nicht gern, daß Sie sich vernachlässigen, solange sie weg ist... Wenn ich an meinen armen Mann denke... In unserer ganzen Ehe hab ich ihn nur einmal vierzehn Tage allein gelassen. Ich kann ein Lied davon singen, was aus Männern wird, sobald sie mal sich selbst überlassen sind...«

Er ging ein Stück die Straße hinauf ins Parkhaus, wo er seinen Wagen abgestellt hatte.

»Sieh an, Monsieur Calmar! Ich dachte, Sie kommen erst nächste Woche zurück... Da muß ich mich mit dem Datum vertan haben... Aber das haben wir gleich...«

Trotzdem mußten erst etwa zehn Wagen umrangiert werden, um für seinen Platz zu schaffen, der staubbedeckt ganz hinten im Parkhaus stand.

»Entschuldigen Sie... Wenn ich gewußt hätte... Ich will ihn wenigstens noch ein bißchen abwischen...«

Sein Paket war ihm im Weg. Hoffentlich bemerkte es der Parkhausbesitzer nicht. Statt es im Kofferraum einzuschließen, warf er es lässig auf einen Sitz.

»Einen angenehmen Tag, trotz der Hitze... Ich weiß ja nicht, wie da unten das Wetter war, aber hier hat's seit Jahren nicht mehr so 'ne Hitze gegeben... Sie wohnen ja auch schon dreizehn Jahre hier und kennen das Viertel genausogut wie ich... Lauter ordentliche Leute... Und da seh ich doch Frauen in Shorts einkaufen gehen, wie am Strand, und Kinder im Badeanzug auf der Straße spielen...«

Er fuhr zur Oper durch die fast ausgestorbenen Straßen. In der Rue Auber fand er sogar einen Parkplatz und hastete zu einer der Banken an den Grands Boulevards.

Als er die Stufen hinaufstieg und die Halle betrat, die

nach dem grellen Sonnenschein draußen dunkel wirkte und in der es verhältnismäßig kühl war, spürte er, wie er in Panik geriet.

Er machte sich klar, daß dies der erste wichtige Schritt war. Nein! Den ersten Schritt hatte er auf dem Bahnsteig 1 in Lausanne getan, als er das Schließfach öffnete... Nicht ganz, denn in dem Augenblick war die Geschichte des Unbekannten aus dem Zug noch glaubhaft gewesen... Ob man nicht, indem man notfalls alle Hebel in Bewegung setzte, den italienischen Zugschaffner auftreiben könnte, der in der Nähe von Padua die Fahrkarten gelocht hatte und sich bestimmt an den rosa Schein erinnern würde, den er aus dem Heft herausgerissen hatte? Außerdem gab es noch den Grenzpolizisten in Domodossola, der den Paß bedächtig kontrolliert und der bei der Rückgabe fast respektvoll gegrüßt hatte...

Warum übrigens dieser Gruß? Bei Calmar hatte der Beamte nichts dergleichen getan. Handelte es sich um einen bekannten Mann, um jemanden, der in irgendeinem Land eine einflußreiche Stellung innehatte? Zum Beispiel um einen Diplomaten? Nein, wie ein Diplomat sah er nicht aus. Er ließ sich überhaupt nicht einordnen, war praktisch nicht zu beschreiben.

Calmar suchte jetzt den Wechselschalter, vor dem fünf bis sechs Leute warteten, Amerikaner und zwei Deutsche.

Die Amerikaner legten Travellerschecks vor und wurden aufgefordert, sie zu unterschreiben. Nach einem kurzen Vergleich der Unterschriften wurden ihnen französische Banknoten hingeblättert. Der eine begann eine Diskussion, weil er mit dem Wechselkurs nicht einverstanden war, und die beiden Deutschen hinter ihm, Mutter und Tochter, gaben ihrer Ungeduld Ausdruck.

Es war kurz vor zwölf. Er befürchtete, daß ihm der Schalter vor der Nase zugemacht würde. Zugleich fiel ihm ein, daß er das Paket mit dem Aktenkoffer auf dem Sitz seines Wagens gelassen hatte, anstatt nach seinem ursprünglichen Plan in einer stillen Straße zu halten und es im Kofferraum einzuschließen. Ach was! Der Wagen war abgeschlossen, und ein schlecht verschnürtes Paket konnte Diebe kaum in Versuchung führen.

Noch zwei Personen... Dann eine... Dann er... Gewaltsam unterdrückte er das Zittern seiner Hand, als er den Hundertdollarschein hinüberreichte. Wie erwartet, sah der Kassierer ihn leicht überrascht an, befühlte die Banknote kurz mit Daumen und Zeigefinger, um sich zu vergewissern, daß Stärke und Konsistenz den Vorschriften entsprachen, und hielt sie dann prüfend gegen das Licht.

»Einen Augenblick noch, bitte.«

Er trat etwas zurück, um eine Schublade in Bauchhöhe zu öffnen und ihr ein Verzeichnis zu entnehmen, das lauter Zahlenkolonnen enthielt.

In Wirklichkeit dauerte das alles nur ein paar Sekunden, und hinter Calmar wartete jetzt ein Gruppe junger Italiener auf die Abfertigung.

Nachdem er die Schublade wieder zugemacht hatte, fragte der Kassierer: »Sie wollen vermutlich französisches Geld?«

»Ja, bitte...«

Die Zehnfrancscheine waren gebündelt wie die Dollar- und Pfundnoten in dem Aktenkoffer und raschelten, als er sie mit geübten Fingern an den Ecken aufblätterte und nachzählte. Dann kamen noch ein paar einzelne Scheine und schließlich Zwei- und Einfrancstücke.

Calmar machte sich gar nicht erst die Mühe, die Banknoten in die Brieftasche zu stecken, sondern stopfte sie in die Jackentasche. Die Dollars waren nicht gefälscht! In seiner Aktenmappe, die er lässig im Fach eines Wandschranks in seiner Wohnung in der Rue Legendre abgestellt hatte, befand sich der Gegenwert von über anderthalb Millionen Franc!

Zum erstenmal in seinem Leben gab er Geld aus, das ihm nicht gehörte. Nein, er hatte schon einmal gestohlen, regelrecht gestohlen, in voller Kenntnis der Sachlage. Er war damals zehn oder elf Jahre alt gewesen. Es war ein heißer Tag, genau wie dieser. Zu jener Zeit fuhren seine Eltern und er nicht in Urlaub, war es doch die beste Saison für das Geschäft. Nach dem Mittagessen nickte sein Vater gelegentlich in seinem Korbsessel in der Küche ein und schrak hoch, sobald er die Ladenglocke bimmeln hörte.

Er erinnerte sich nicht mehr, wo seine Mutter an jenem Tag war. Vielleicht breitete sie die Wäsche zum Bleichen auf dem Rasen im Garten aus? Jedenfalls hatte er sich geräuschlos hinter den Ladentisch geschlichen und mit der Hand in das Schubfach gegriffen, in dem das Geld aufbewahrt wurde. Er hatte nur fünfzig Centime genommen und sich kurz darauf eine Eistüte bei dem Italiener gekauft, der seinen kleinen gelben Karren durch die Straßen schob.

Als er, das Vanilleeis schleckend, weiterging, entdeckte er von fern einen Mitschüler. Und da es kein Sonntag war und er sich normalerweise an Wochentagen kein Eis leisten konnte, hatte er die Tüte in den Rinnstein fallen lassen und sich schleunigst in die erste Straße links verdrückt.

Er hatte einen hochroten Kopf gehabt und gespürt, wie das Blut in seinen Schläfen hämmerte. Im Spiegel eines Lebensmittelgeschäftes hatte er sich betrachtet und war dann, gläubig wie er damals noch war, in die Kirche gestürzt, um zu beichten.

Diesmal, im Nebenraum vom ›Café de la Paix‹, hätte er kein schlechtes Gewissen zu haben brauchen. Er wollte auch keines haben. Wenn er sich zum Mittagessen nicht nach draußen, auf die kühlere, luftigere Terrasse gesetzt hatte, so deshalb, weil er nicht von einem Kollegen aus dem Büro oder einem Kunden gesehen werden wollte, denn derart kostspielige Lokale besuchte er sonst kaum. Trotzdem hatte er sehr teure Gerichte bestellt: verschiedene Vorspeisen, eine halbe Languste, danach Geflügelleber am Spieß – lauter Dinge, die es zu Hause selten gab.

Fraglos war dies ein weiterer Schritt, der sich jedoch gar nicht vermeiden ließ. Nicht aus Habgier, sondern weil er sich Gewißheit verschaffen mußte, hatte er den Hundertdollarschein auf der Bank gewechselt.

Dadurch hatte er nun Geld in der Tasche, das er von Rechts wegen nicht ausgeben durfte. Wenn er sich etwas gekauft hätte, was er gern haben wollte, ein Zigarettenetui zum Beispiel oder ein Gasfeuerzeug, wäre Dominique genauso erstaunt darüber gewesen wie über ein Geschenk für sich oder Mitbringsel für die Kinder.

In jedem Fall hätte die Rechnung dann hinten und vorn nicht gestimmt. Sie kontrollierte zwar nicht direkt seine Ausgaben, zumindest nicht aus Mißtrauen. Selbstverständlich wußte sie, wieviel er verdiente, wieviel er als Taschengeld zurückbehielt, nachdem er ihr das Haushaltsgeld gegeben hatte. Diese fünfhundert Franc waren aus dem Nichts gekommen, er mußte sie bis Samstag ausgeben, da es sie offiziell ja gar nicht gab.

Dieser Gedanke begann ihn zu verfolgen. Was das Wort »begann« bedeutete, war ihm durchaus klar. Er war sich der unerbittlichen Verkettung von Umständen seit dem Augenblick bewußt, da er in Venedig jenes Bild mit seiner Tochter als Mittelpunkt betrachtet und neben sich die Gegenwart eines Mannes gespürt hatte, der ihn von oben bis unten musterte.

Seitdem hatte er kein einziges Mal wirklich die Initiative ergriffen. Sein Tun und Treiben hatte sich immer nur aus den Umständen ergeben, ohne daß er daran beteiligt war.

Bevor er das ›Café de la Paix‹ betrat, hatte er am Kiosk die *Tribune de Lausanne* verlangt, doch sie war noch nicht eingetroffen.

»Vielleicht in einer halben Stunde…«

Dennoch zog er die Möglichkeit in Betracht, daß er gezwungen sein könnte, die anderthalb Millionen in seiner Aktentasche zu behalten, von deren Existenz die alte Madame Léonard mit ihrem Haß auf die Reichen, auf alle Reichen, auf alle, die ein paar Sous oder ein bißchen mehr Muße hatten als sie, nicht das leiseste ahnte.

Gesetzt den Fall… Zum Beispiel kam es, so wie die

Dinge lagen und bei seinem gegenwärtigen Wissensstand, nicht in Frage, daß er das Geld auf einem Polizeirevier abgab. Ebensowenig konnte er es auf einer Bank einzahlen, etwa ein Sperrkonto einrichten, und es wieder abheben, sollte er irgendwann erfahren, wem es gehörte.

Das wäre eine noble Haltung. Einen Moment lang hatte er davon geträumt, während er die Vorspeisen verzehrte. Er würde schweigen. Zu keinem Menschen würde er etwas von dem Zug aus Venedig, von dem Aktenkoffer, von Arlette Staub verlauten lassen. Standhaft würde er sein Geheimnis wahren, trotz der Unruhe, in der er deswegen leben mußte, trotz der Verdächtigungen, die sich gegen ihn zu erheben drohten.

Wenn dann eines Tages die Zeitungen die Wahrheit über den Unbekannten aus dem Zug und über das in einem Schließfach auf dem Bahnhof von Lausanne deponierte Vermögen enthüllen würden, wäre seine Stunde gekommen, auf dem Polizeirevier seines Viertels oder besser noch auf höherer Ebene, bei der Kriminalpolizei, zu erscheinen.

»Ich bin gekommen, um Ihnen das Geld zu bringen... Sie können sich überzeugen... Die Rechnung stimmt, es fehlt lediglich eine einzige Hundertdollarnote. Ich hielt es für notwendig, sie in einer Bank am Boulevard des Italiens zu wechseln, weil ich mich vergewissern wollte, daß es sich nicht um Falschgeld handelte...«

Warum nicht? Vielleicht würde es eines Tages so kommen, und dann würden ihn alle beglückwünschen.

»Sie müssen verstehen, daß mir gar keine andere Wahl blieb... Zugegeben, nach Verlassen der Wohnung von Arlette Staub in der Rue du Bugnon hätte ich die Polizei benachrichtigen müssen... Das habe ich in meiner Aufregung unterlassen, und ich hätte garantiert nicht so völlig den Kopf verloren, wenn ich kein anständiger Mensch wäre... Demnach mußte ich...«

Aber es war unmöglich, ein Bankkonto zu eröffnen, ohne sich auszuweisen. Und waren die Banken in bestimmten Fällen nicht der Steuer gegenüber auskunftspflichtig über die Konten ihrer Kunden?

Auch für einen Safe mußte er Papiere vorlegen und andere unterzeichnen.

Eine törichte Idee... Er war jetzt bei der Languste... Er nahm sich vor, den alten, leeren Aktenkoffer abends auf dem Nachhauseweg in die Seine zu werfen. Und warum nicht zugleich auch das Geld? Banknoten regnen lassen! Hunderttausende von Francs, die mit dem Strom davonschwammen...

Unmöglich. Niemand, der seine fünf Sinne beisammen hatte, würde sich so von einem Vermögen trennen.

Er hatte seinen Appetit überschätzt und rührte die Geflügelleber kaum an.

»Garçon, könnten Sie sich wohl mal am Kiosk erkundigen, ob die *Tribune de Lausanne* eingetroffen ist? Wenn ja, seien Sie bitte so freundlich und besorgen mir ein Exemplar...«

Ein peinlicher Schnitzer. Die kleinste Kleinigkeit konnte genügen, sich auffällig zu machen. Gerade solche Nebensächlichkeiten bleiben im Gedächtnis haften und fallen einem im gegebenen Moment plötzlich wieder ein.

»Richtig! Genau an dem Tag hat mich ein Gast nach

einem Mittagessen mit reichlich Wein gebeten, ihm die *Tribune de Lausanne* zu besorgen.«

Mußte er sich auch verstecken, um sie zu lesen? Er überflog sie, während er seinen Kaffee trank. Auf einen Nachtisch hatte er verzichtet.

Keine Polizeiberichte auf der ersten Seite, keine fetten Schlagzeilen, lediglich außenpolitische Meldungen. Auf der zweiten Seite Anzeigen. Auf der dritten ein langer Artikel über die Verschmutzung des Genfer Sees und ein Bericht über die Sitzung des Kantonsrats.

Auf den nächsten Seiten Nachrichten aus dem Wallis, dann aus den Kantonen Neuenburg, Genf und Waadt: Brand in Morges, Autozusammenstoß in Cossonay, Radfahrer umgefahren in...

Lausanne: »Unsere Gäste«. Besuch einer amerikanischen Pädagogendelegation... Zusammenstoß... Wagen ins Schleudern geraten... Einbruch in ein Juweliergeschäft in der Rue du Bourg gescheitert... Ein Gauner...

Danach Sportseiten und auf der letzten Seite noch einmal außenpolitische Meldungen. Nichts über Arlette Staub. Kein Wort über den Mann, der im Simplontunnel aus dem Zug verschwand (sofern er nicht in Brig ausgestiegen war!).

Jedenfalls wußte er jetzt, auf welcher Seite er nachsehen mußte.

»Garçon, die Rechnung bitte!«

Die Zeitung hatte keines seiner Probleme gelöst; er ließ sie auf der Bank liegen. Es war halb zwei. Am Lido machten sich Dominique und die Kinder wieder auf den Weg von der Pension zurück zu ihren Plätzen am Strand. Denn in stillschweigendem Einvernehmen hatte dort jeder sein abgegrenztes Revier. Im gleichen Umkreis traf man immer wieder die gleichen Gruppen. Und schließlich grüßte man sich mit einem angedeuteten Lächeln.

»Daß du mir ja keinen Schritt ins Wasser machst, Josée, bevor es Zeit zum Baden ist...«

»Und ich?« erkundigte sich Bib mit Unschuldsmiene.

»Du natürlich auch nicht. Wenn ich es deiner Schwester verbiete...«

»Ich weiß schon, weil ich am wenigsten gehorche. Für dich hab ich ja nichts wie Fehler. Immerhin warten die anderen keine zwei Stunden, bis sie mal die Füße ins Wasser stecken. Die baden sogar vorher...«

Vielleicht hatte Dominique beim Essen in der Pension gesagt:

»Um diese Zeit ißt euer Vater gerade bei Etienne. Hoffentlich hat er sich kein zu schweres Gericht bestellt...«

Er ging zu seinem Wagen zurück. Diesmal vergaß er nicht, den alten Aktenkoffer mit den aufgebrochenen Schlössern im Kofferraum einzuschließen. Er fuhr die Champs-Elysées hinauf zur Avenue de Neuilly. Kurz vor der Défense hielt er vor einem hellgelb getünchten Gebäude mit der Aufschrift *Asfax – Robur – Rob.*

Dann, in kleineren Buchstaben: AG.

Das Haus hatte nur zwei Stockwerke nebst Mansarde, war aber recht groß. Vor und während dem Krieg war hier eine altmodische Eisenwarenhandlung gewesen, in der man alles fand – Aluminiumtöpfe, tonnenweise Nägel und Schrauben in sämtlichen Größen, alle erdenklichen Werkzeuge, Maschendraht ebenso wie Hanteln und Gardinenstangen.

Damals lebte der alte Baudelin noch. Er hatte einen weißen Haarkranz und lief von morgens bis abends in einem langen Kittel herum, vom gleichen Grau wie das Eisen, das er in den verschiedensten Formen verkaufte.

Sein Sohn, der heutige Joseph Baudelin, geisterte im gleichen Aufzug durch die gleiche Aquariumatmosphäre, denn der riesige Laden mit der Galerie wurde durch eine Glaswand zum Hof erhellt.

Hinten auf diesem Hof, in einer Art Schuppen, hatte Baudelin junior seine ersten Experimente gemacht. Von Kunststoffen hatte er nicht die geringste Ahnung. Ihm war lediglich aufgefallen, daß immer mehr Haushaltsgeräte und alle möglichen anderen Artikel daraus hergestellt wurden.

Anstatt sich nun an einen Spezialisten zu wenden, war er zu einem befreundeten Chemiker, Etienne Racinet, gegangen, der seinen Lebensunterhalt mit Urin- und Blutuntersuchungen bestritt. Racinet war Junggeselle, ziemlich klein und rotgesichtig, stets gut gelaunt und arbeitete häufig bis tief in die Nacht in seinem Laboratorium.

Ein paar Wochen später hatte er eine riesige Dokumentation über die derzeit vorhandenen Produkte zusammengestellt und dieses Material dann laufend ergänzt, denn es kam ja buchstäblich jede Woche etwas Neues hinzu: Polyäthylen, Polyester, Polystyrol, Polyvinylchlorid und viele andere mehr.

»Sich den Grundstoff zu beschaffen ist ein Kinderspiel... Den kann man überall kaufen – als Pulver, als Granulat, als Tabletten oder als Paste ... Aber wenn du etwas herstellen willst, brauchst du eine Mischmaschine, weil du ja noch einiges zusetzen mußt, außerdem einen Ofen, um das Gemisch auf die gewünschte Temperatur zu erhitzen, und schließlich eine Presse und Gußformen ...«

»Beansprucht das alles viel Platz?«

»Je nach Größe der Artikel, die man herstellt.«

Baudelin hatte mit kleinformatigen Fabrikaten begonnen – zum Beispiel Zahnbürstenstielen, Campingbesteck, Sandeimern, Schaufeln und Harken für Kinder, Eierbechern, Serviettenringen ...

Von dem alten Eisenwarengeschäft blieb nur noch der Grundriß übrig. Ein modernes Erdgeschoß mit indirekter Deckenbeleuchtung war zum Ausstellungsraum für die Produkte von Asfax, Robur & Rob geworden.

Die Büros befanden sich im ersten Stock, zumindest die Pariser, denn es gab noch weitere in Nanterre, und die wichtigsten Abteilungen waren in der Fabrik in Brézolles untergebracht.

Calmar eilte die Marmortreppe hinauf, hielt kurz vor dem verglasten Raum mit der Aufschrift »Empfang« inne.

»Ist der Chef schon da?«

»Er war heute morgen hier und hat nach Ihnen gefragt.«

»Aber er weiß doch, daß ich erst nachmittags wieder anfangen muß ...«

»Haben Sie denn vergessen, wie er ist, Monsieur Calmar?«

Er war kein übler Mensch, ganz im Gegenteil. Aber er haßte es, seine Angestellten nicht dort vorzufinden, wo er sie vorzufinden erwartete. Jeden in seinem Gehäuse. Sein

Traum, sein Ideal wäre eine Welt ohne Sonn- und Feiertage, ohne Urlaub gewesen. Nahm er denn etwa Urlaub?

Eine Welt auch ohne Frauen und Kinder. Ging er selbst denn oft nach Hause in die Doppelwohnung am Boulevard Richard-Wallace, gegenüber dem Bois de Boulogne, in der seine Frau und seine Tochter mit vier bis fünf Dienstboten lebten? Kaum, daß er einmal in der Woche den Fuß über die Schwelle setzte. Und die Villa, die er ihnen in Mouchin gekauft hatte, kannte er so gut wie gar nicht.

Er schlief oben in einem ehemaligen Abstellraum, neben dem er ein behelfsmäßiges Badezimmer hatte einbauen lassen.

»Ist er nach Brézolles gefahren?«

»Bei ihm weiß man das doch nie.«

Nach Brézolles oder nach Nanterre. Oder auch zu den neuen Baustellen im Département Finistère. Man vermutete ihn irgendwo am Stadtrand, und er rief aus London oder aus Frankfurt an. Das war sein Leben. Und ebenso ein Teil von Calmars Leben, der ja ein gutes Drittel seiner Zeit in der Avenue de Neuilly verbrachte.

»Na, endlich wieder da?«

Die vergnügte Stimme von Jouve, den alle Bob nannten, Spaßmacher und Stimmungskanone der Firma.

»Ist es denn die Möglichkeit, du bist ja noch dicker geworden! Und kein bißchen braun... Weißt du genau, daß du in Venedig warst?«

Bob runzelte die Stirn.

»Wo fehlt's denn, altes Haus?«

Jouve war sein einziger Freund. Trotzdem mußte er ihm wohl oder übel mit aufgesetztem Lächeln antworten:

»Gar nichts weiter... Die Reise... Von morgens bis abends im Zug und die Gänge so überfüllt, daß man nicht mal pinkeln gehen konnte, und dann noch mal 'ne Nachtfahrt...«

»Und deine Frau? Die Kinder?«

»Die sind noch geblieben. Sie kommen am Samstag zurück.«

4

Bis jetzt war er der Concierge nur zweimal begegnet, und nur ganz kurz; den Parkhausbesitzer hatte er auch nicht länger gesehen. Die übrigen zählten nicht: der Kassierer in der Bank am Boulevard des Italiens, der den Hundertdollarschein geprüft und für echt befunden hatte, der Maître d'hôtel und der Garçon im ›Café de la Paix‹.

Das wurde nun anders, und Bobs Späße beunruhigten ihn, als er sein Büro betrat, wo ihn ein Stapel Kataloge erwartete, die während seiner Abwesenheit aus den Vereinigten Staaten eingetroffen waren.

Jouve galt als unbekümmerte Frohnatur, der nichts ernst nahm und sich die Mentalität eines Kunststudenten bewahrt hatte. Eine Art Spinner, der keine Tippse in Reichweite vorbeigehen sehen konnte, ohne ihr das Hinterteil oder den Busen zu tätscheln, sogar Mademoiselle Valérie, der häßlichsten, reizlosesten, die es für erforderlich hielt, Schreckensschreie auszustoßen, als sei er drauf und dran, sie zu vergewaltigen.

Er wohnte in einem Atelier am Quai des Grands Augustins, das er zwar ständig mit einer Gefährtin teilte, welche er jedoch im Durchschnitt jeden Monat wechselte. Merkwürdigerweise sahen sie sich alle ähnlich: klein, brünett, mit großen sanften Augen, so daß man sich unwillkürlich fragte, warum er nicht bei einer blieb.

Wenn er seinen üblichen Unsinn trieb, wirkte er wie ein großer blonder Junge mit lachenden Augen; tatsächlich war er so alt wie Calmar. Ihre Bekanntschaft reichte zurück in die Zeit, da Calmar noch Vorlesungen an der Sorbonne besucht hatte und sie beide Stammgäste in einem billigen Restaurant am Quai des Tournelles gewesen waren, der ›Petite Cloche‹, wo das einzige Tagesgericht mit Kreide an eine Schiefertafel geschrieben wurde.

Der Wirt hatte in der Zeitung gelesen, daß Kollegen von ihm zu Geld gekommen waren, indem sie sich von jungen Malern für das Essen mit Bildern bezahlen ließen; deshalb hielt er es gelegentlich gleich mit den Studenten der Kunstakademie.

Ob Jouve immer noch malte? Er behauptete es, und es war auch durchaus möglich, da sich bei ihm nur schwer sagen ließ, was er ernst und was er ironisch meinte.

»Stell dir vor, mein Junge, ich muß heiraten... Du bist mein Trauzeuge, damit kann ich doch rechnen...«

»Wen?«

»Aline, wen denn sonst! Wir leben jetzt schon fast zwei Monate zusammen, und sie hat mir gerade gesagt, daß sie schwanger ist... Na ja, und wo ihr Vater nun mal Gendarm in irgendeinem Kaff im Département Isère ist...«

Und dann ulkte er:

»Man sollte sich wirklich immer vorher bei seinen Freundinnen nach dem Beruf ihres Vaters erkundigen... Ein Gendarm, ausgerechnet! Warum nicht gleich einer von der Pariser Polizei?«

Das lag Monate zurück. Es war noch vor Winteranfang gewesen. Um Neujahr herum hatte Calmar gefragt:

»Wie geht's Aline?«

»Aline? Welche Aline denn?«

»Die Tochter des Gendarmen.«

»Also nun stell dir vor, alter Junge, erstens war er gar nicht Gendarm, sondern Streckenwärter ... Zweitens ist sie eines schönen Morgens mit irgendeinem jungen Zuhälter, den sie beim Tanzen kennengelernt hat, abgehauen ...«

»Und das Kind?«

»Das hat sie vermutlich erfunden ... Mich jedenfalls geht das Ganze nichts mehr an ... Hast du eigentlich Françoise schon kennengelernt? Wir leben erst seit drei Wochen zusammen, aber ich glaube, diesmal wird's ernst ...«

Manchmal hatte er Jouve beneidet. Bei näherer Betrachtung war er jedoch zu dem Schluß gekommen, daß sein Freund weniger glücklich war als er und mit seinen ständigen Witzeleien nur seine Traurigkeit überspielen wollte.

Jouve beobachtete ihn ebenfalls. Insbesondere heute. Ihre Büros gingen ineinander. Bob hatte eine Art Atelier mit einem großen Zeichentisch am Fenster, an die Wände gehefteten Skizzen und überall auf dem Boden verstreuten Plastikartikeln unterschiedlicher Art. Der Chef brachte allwöchentlich Nachschub mit.

»Mit dem Eimer hier sollten Sie sich gründlich befassen, Jouve. Die Konkurrenz bringt ihn gerade auf den Markt. Nicht schlecht, aber wir können das noch verbessern. Vor allem müßte man die Kanten abrunden ...«

Abrunden! Das war sein Tick. Merkwürdigerweise lag darin vielleicht auch zum Teil das Geheimnis seines Erfolges: jedem beliebigen Gegenstand aus Kunststoff ein runderes, weicheres, gefälligeres Aussehen zu geben.

»Wenn die Form bei einem Eimer, einer Schüssel, einer Zahnbürste eckig und kantig ist, sehen die Leute das gleich als Schund an.«

Jouve erschien in Hemdsärmeln bei Calmar.

»In dem Katalog von Sears-Roebuck wirst du wahrscheinlich jede Menge neues Zeugs finden…«

Es war schon ein komischer Beruf, den sie da beide ausübten. Jeder hatte natürlich, wie fast alle anderen im Haus, einen Titel. Jouve war künstlerischer Leiter; Calmar hatte man zum Leiter der Auslandsabteilung hochgeschwindelt.

Ein sonderbarer Laden. Trotzdem zeitigte dieses System seine Erfolge. Hatte sich der sogenannte Leiter der technischen Abteilung oder auch Laborchef nicht den größten Teil seines Lebens mit Urinuntersuchungen beschäftigt?

Man führte die Kunden durch den Ausstellungsraum im Erdgeschoß, hütete sich jedoch wohlweislich, ihnen die berühmten Laboratorien oder die Entwicklungsabteilung zu zeigen. Bei diesen Entwicklungsbüros handelte es sich um Jouves Atelier. Allerdings gab es noch andere, seriöser wirkende mit Ingenieuren und sonstigen Absolventen von Technischen Hochschulen, in der Fabrik in Nanterre und vor allem in dem modernen Werk in Brézolles, wo zweihundert Arbeiter und Arbeiterinnen beschäftigt waren.

Hier in Neuilly war die Zentrale, das Gehirn mit dem Zimmer des großen Chefs, kahl wie eine Dienstbotenkammer, im zweiten Stock und mit einem Verschlag, in dem Marcel, der Chauffeur, übernachtete, wenn er abends nicht mehr nach Hause fahren konnte.

Das Laboratorium war die ehemalige Werkstatt hinten

im Hof, von der alles seinen Ausgang genommen und die sich allmählich verwandelt hatte. Der kleine, rundliche Monsieur Racinet beschäftigte sich dort mit Forschungen, die eher wie Kinderspiele wirkten, probierte Mischungen und Farben aus, betätigte die Presse. Seine einzige Hilfskraft war der frühere Lagerverwalter des Eisenwarengeschäfts, ein gewisser Cadoux, der einfach alles konnte.

»Sag mal, alter Junge…«

Bob stand vor Calmar, eine erloschene Zigarette zwischen den Lippen.

»Fühlst du dich auch wirklich wohl? Hat's da unten irgendwas zwischen Dominique und dir gegeben?«

»Was soll's denn gegeben haben? Wenn ich dir sage…«

»Schon gut! Reg dich nicht auf… Du scheinst mir nur nicht ganz auf der Höhe zu sein, das ist alles… Geht's Dominique soweit gut?«

»Sehr gut…«

»Wird sie schön braun?«

»Du weißt doch, daß sie das nie schafft. Sie wird nur rot, und dann schält sie sich.«

Zwischen ihnen gab es ein Geheimnis, das im übrigen für Justin Calmar recht peinlich war. Wenn er gefragt wurde, wo er seine Frau kennengelernt habe, antwortete er leichthin:

»In der Metro, stellen Sie sich das vor… Mitunter hat die Metro eben auch ihr Gutes… Wir sind beide jeden Tag die gleiche Strecke gefahren und schließlich ins Gespräch gekommen…«

Das stimmte nicht. Er hatte Dominique in der ›Petite Cloche‹ kennengelernt, als sie vorübergehend mit Bob liiert war. Damals arbeitete sie als Verkäuferin in einem Handschuhgeschäft am Boulevard Saint-Michel.

Bob und sie hatten sich getrennt. Wie Justin die Nachfolge seines Freundes angetreten hatte, war eine verworrene Geschichte, die er nie so richtig zusammenkriegen konnte.

In erster Linie aber zählte, daß sie seit dreizehn Jahren seine Frau und daß er glücklich mit ihr war.

»Ich schwöre dir, ich bin restlos glücklich...«

»Schon möglich! Schon möglich! Nur sieht's nicht gerade danach aus...«

»Meinst du, daß der Chef noch kommt?«

»Was kann dich das kratzen?«

»Ist Challans noch in Urlaub?«

»Bis ersten September.«

Der kaufmännische Leiter. Es war bei ihm wie bei den übrigen. Er führte den Titel Generaldirektor, aber die Wahl mußte auf ihn gefallen sein, weil er sich dezent und elegant kleidete, ein gewandtes, sicheres Auftreten hatte und stundenlang über dies und jenes reden konnte und dabei stets den Eindruck erweckte, als sei er ein gründlicher Kenner der Materie.

In Wirklichkeit war er früher Vertreter für Chemikalien gewesen. Jetzt hatte man ihn im schönsten Büro des Hauses einquartiert mit einem Vorzimmer, in dem sich neben seinen zwei Sekretärinnen auch noch die Telefonzentrale befand.

Challans empfing die Kunden, geleitete sie gemessen durch den Ausstellungsraum von einem Gegenstand zum anderen. Wenn er in seinem Büro über ein Geschäft verhandelte, pflegte meistens der große Chef Baudelin hereinzukommen. Er sah so unscheinbar aus, daß ihn die Kunden fast immer für einen x-beliebigen Angestellten hielten.

»Meinen Sie nicht, daß Sie Monsieur den Kredit zu den von ihm gewünschten Bedingungen einräumen könnten?«

Das Ganze glich einem Jux. Aber Joseph Baudelin war der humorloseste Mensch, den man sich denken konnte. Er wirkte wie ein alter, vertrauenswürdiger Diener, sah alles, war allgegenwärtig, traf alle Entscheidungen, hier in Neuilly ebenso wie in den Fabriken.

Häufig streifte er durch die Kaufhäuser und andere Kettenläden und prüfte die ausgestellten Waren wie ein Kunde.

»Sind Sie sicher, Mademoiselle, daß dieser Eimer eine Temperatur von achtzig Grad verträgt?«

»Wir hatten bisher noch keine einzige Reklamation, Monsieur.«

»Verblaßt die Farbe nicht, wenn er ein paar Wochen im Regal steht?«

»Überzeugen Sie sich doch selber...«

»Wieviel verkaufen Sie davon in der Woche?«

»Keine Ahnung. Ich bin nicht Abteilungsleiterin.«

Er erwarb den Eimer, ohne sich zu erkennen zu geben, und erschien in Bobs Atelier, ein Paket unter dem Arm.

»Sehen Sie sich dieses ausgesucht scheußliche Exemplar mal gründlich an, mein Junge. Großer Mist, aber es verkauft sich. Wenn Sie's schaffen, das abzurunden, und Racinet eine etwas freundlichere Farbe zusammenbraut, die nicht ausbleicht...«

Plötzlich wurde Calmar bewußt, daß er in diesem Haus glücklich gewesen war, und er sagte sich zum wiederholten Male, daß es keinerlei Grund gebe, es nicht auch weiterhin zu sein.

Wo kann ich die Geldscheine verstecken?

In seinem Büro stand ein geräumiger Schrank mit Schiebetüren, in dem er seine Kataloge unterbrachte. Er hatte ein Schloß, aber da es nie zugemacht wurde, war der Schlüssel längst irgendwo verlorengegangen.

In der linken Ecke neben dem Fenster hatte er einen grünen Metallschrank für die Briefordner. Der Schlüssel steckte, und abends legte er ihn einfach in seine Schreibtischschublade, die er nie abschloß.

Was wurde überhaupt in diesem Haus abgeschlossen? Gar nichts vermutlich, bis auf den kleinen Palisanderschrank, in dem François Challans Whisky, Cognac und Portwein für auserwählte Kunden aufbewahrte.

Nicht einmal Racinet in seinem Laboratorium hinten im Hof hielt seine Formeln für so einmalig, daß sie eingeschlossen werden mußten.

Wo hätte Calmar ein Vermögen von mehr als anderthalb Millionen Franc verstecken können? Und wie sollte er es im Fall einer Entdeckung als sein Eigentum beanspruchen?

Um diese Fragen kreisten seine Gedanken, während er so tat, als studiere er die Abbildungen in den amerikanischen Katalogen. Am Morgen noch waren die Geldscheine in dem Aktenkoffer ganz neutrale Geldscheine gewesen, die einstweilen niemandem gehörten.

Einstweilen. Der Beweis dafür war, daß er noch gegen

Mittag kurz die Möglichkeit erwogen hatte, sie bis auf weiteres bei der Bank zu deponieren oder einen Safe zu mieten, damit sie sicher untergebracht wären.

Ohne daß es ihm klar wurde, begann er dieses Vermögen in Gedanken als sein Eigentum zu betrachten. Er war noch nicht soweit, sich zu fragen, was er damit anfangen würde. Er hatte keinerlei Plan, ließ alles in der Schwebe. Es gehörte ihm noch nicht ganz, aber es war möglich – falls sich die Dinge in bestimmter Weise entwickelten –, daß es sein Eigentum wurde.

Ohne daß es sich um einen Diebstahl handelte. Oder um eine Unredlichkeit. Er wäre lediglich genötigt, das Geld zu behalten, genauso wie er jetzt gezwungen war, es irgendwo zu verstecken.

Eine zugleich verführerische und beängstigende Aussicht. Im Augenblick eher beklemmend als angenehm. Weil noch nichts endgültig entschieden war. Weil Probleme auftauchten.

Vor allem zwei Fragen: Wer war der Mann im Zug aus Venedig, und was war mit ihm passiert? Handelte es sich um einen Spion, um einen internationalen Schieber? Für beides sprachen gute Gründe.

Wem sollte er in diesem Fall das Geld zurückgeben? Konnte er, sofern sein Spionageverdacht zutraf, im Konsulat irgendeines Landes erscheinen und erklären:

»Ich möchte Ihnen einen Geldbetrag aushändigen, den einer Ihrer Agenten in einem Gepäckschließfach im Bahnhof Lausanne deponiert und zu dem er mir den Schlüssel anvertraut hat…«

Warum sollte er ihm den Schlüssel anvertraut haben?

Damit er den Aktenkoffer dann einer gewissen Arlette Staub überbrachte.

»Als ich in ihre Wohnung kam, war sie tot...«

Grotesk. Und wenn es sich um eine internationale Schieberbande handelte? Wem gehörte in diesem Fall das Geld? Nicht dem Mann aus Venedig, da die Geldscheine ihm widerrechtlich in die Hände gefallen waren. Die Beute aus einem Diebstahl, einem Betrug oder einer Hochstapelei konnte unter keinen Umständen Eigentum des Straftäters oder seiner Komplizen werden.

Wo steckten übrigens die Komplizen? Welche Komplizen?

Zunächst hatte seine Lage nahezu einfach ausgesehen; sie komplizierte sich jedoch, je mehr er darüber nachdachte, auch wenn er sich krampfhaft bemühte, nicht nachzudenken. Er wünschte sich, daß der Chef in sein Büro käme und ihm eine dringende Arbeit gäbe, mit der er sich während der ganzen Woche Tag und Nacht beschäftigen müßte.

Die Komplizen... Es gab nicht einmal Komplizen. Oder wenn, dann hatte einer Verrat begangen und versucht, auf eigene Faust zu handeln, indem er Arlette tötete.

Das war um vieles bedrohlicher. Ihm brach plötzlich der Angstschweiß aus; er verspürte den Drang, das gute, aber zu reichhaltige, zu schwere Mittagessen auszukotzen, das er sich im ›Café de la Paix‹ geleistet hatte.

Die Dinge mußten unbedingt sofort klargestellt werden.

Zunächst der Schlüssel. Ein wesentlicher Punkt, denn damit konnte derjenige, der ihn in Händen hatte, in den Besitz von anderthalb Millionen gelangen.

Dieser Schlüssel befand sich am Sonntag, dem 19. August, zwischen Venedig und Mailand in der Tasche des Unbekannten, der ihn Calmar unter dem Vorwand übergeben hatte, er müsse ein Flugzeug in Genf erreichen, so daß ihm keine Zeit für eine Fahrtunterbrechung bleibe.

Der zwischenzeitliche Besitzer des Schlüssels von Mailand bis Lausanne war also er, Justin Calmar.

Wer wußte davon? Selbstverständlich der Mann, der ihm den Schlüssel anvertraut hatte. Aber es gab keinerlei Beweis dafür, daß nicht auch irgend jemand anders darüber im Bilde war. Stundenlang war der Zug überfüllt gewesen, und im Gang standen jede Menge Leute, die die Schlüsselübergabe beobachtet haben konnten.

Warum sollte der Mann aus eigenem Antrieb verschwunden sein? Warum hätte er zum Beispiel dadurch Selbstmord begehen sollen, daß er sich im Simplon aus dem Zug stürzte? Und warum hatte dann die Morgenausgabe der *Tribune* nicht darüber berichtet? Er mußte bis zum nächsten Tag abwarten, dann würde man ja weitersehen.

Also gut, der Mann war verschwunden! Trotzdem wußte irgend jemand im Zug, in Lausanne oder sonstwo von der Existenz des Aktenkoffers, da die junge Frau kurz vor Calmars Auftauchen ermordet worden war.

Wußte der Mörder, daß sie Geld bekommen sollte – vermutlich zur Aufbewahrung oder auch zur Weitergabe an eine dritte Person?

Warum war dann das Verbrechen zu früh begangen worden? Eine halbe Stunde, eine oder zwei Stunden später wäre das Vermögen in der Wohnung in der Rue du Bugnon gewesen.

Uff! Er konnte nicht mehr… Er war so erschöpft, als wäre er bei der Hitze zwanzigmal um den Bois de Boulogne gelaufen.

»Du bist ja kreidebleich, mein Junge… Wenn du's am Magen hast, nimm doch Natron…«

Obwohl Bob den Clown spielte, war er doch viel zu schlau, um an eine Magenverstimmung zu glauben. Er mußte längst begriffen haben, daß sein Freund sich mit einem Problem herumschlug: einem unlösbaren Problem!

Warum, ja, warum sollte derjenige, der Arlette Staub beseitigt hatte, sich nicht auch Justin vom Halse schaffen? Selbst wenn er das Geld nicht mehr hatte!

Zur Not hätte er – Justin – die Banknotenbündel noch am gleichen Abend wieder in den beschädigten Aktenkoffer getan und das Ganze weit weg von Paris an einer abgelegenen Stelle in die Seine geworfen.

Doch was hätte ihm das genützt? Wenn jemand – was durchaus denkbar war – wußte, daß er das Geld hatte, so hätte der doch nicht wissen, noch nicht einmal ahnen können, daß Calmar sich plötzlich entschlossen hatte, den ganzen Segen ins Wasser regnen zu lassen.

Was nun? Wo, wann, an welchem Ort war er in Gefahr? Wenn er nach Hause ging? Dort konnte sich bereits jemand versteckt halten. Das heißt, jetzt noch nicht, wegen Madame Léonard. Aber nach fünf Uhr wäre kein Mensch in der Wohnung, und dann könnte jemand mit ein bißchen Geschick mühelos das Schloß aufbrechen.

Es konnte auch ganz anders kommen: Er aß bei Etienne am Boulevard des Batignolles zu Abend, um Dominique eine Freude zu machen. Dann kam er nach Hause und knipste die Lampen an. Ein Mann stieg die Treppe hinauf, läutete. Würde er ihn vor der Tür stehen lassen, ihm vorzuspiegeln versuchen, er sei nicht zu Hause, während man doch von der Straße aus sehen konnte, daß überall Licht brannte?

Selbst hier war er nicht in Sicherheit. In Kürze würde er ins Laboratorium hinuntergehen, um nachzusehen, ob es dort vielleicht ein sicheres Versteck für die Geldscheine gab. Außerdem mußte er nach seiner Rückkehr aus dem Urlaub Racinet die Hand schütteln und ebenso Cadoux, die er zwei Wochen nicht gesehen hatte.

Während er den Hof überquerte, konnte sich jemand auf ihn stürzen oder ihm eine Kugel verpassen, ehe er überhaupt wußte, woher der Schuß kam.

An diesem Morgen hatte er etwas entdeckt, was ihn mehr traf, als er anfangs geglaubt hatte: Zu Hause, in seiner eigenen Wohnung verfügte er, ein Mann von fünfunddreißig Jahren, verheiratet, Familienvater, ein Mann, der auch beruflich Verantwortung trug, über keinen Ort, an dem er etwas ohne Wissen der anderen aufheben konnte.

War das nicht, als sei ihm jedes Recht auf Privatleben, auf persönliche Wünsche versagt?

Tatsächlich bedeutete es, daß er der Gefangene seiner Ehe war. Es war ihm nicht nur verboten, um diese oder jene Zeit nach Hause zu kommen, ohne Rechenschaft abzulegen, Geld auszugeben, ohne daß seine Frau davon wußte, Magenschmerzen zu haben oder unruhig zu sein, ohne daß es registriert wurde, sondern überdies hatte er keinerlei Möglichkeit, auch nur den kleinsten Fetzen Papier der Neugier der anderen vorzuenthalten!

»Sag mal, Papa, was ist denn das für eine Schachtel?«

Oder:

»Was ist eigentlich in dem Paket?«

Das verfolgte ihn bis ins Büro, wo er immer gemeint hatte, Handlungs- und Bewegungsfreiheit zu haben. In der Toilette zumindest konnte er sich einschließen. Das tat er auch und gab beim bloßen Anblick des Klosettbeckens sein Mittagessen von sich.

»Na also! Du siehst ja schon wieder besser aus, mein Junge. Ißt du heute abend mit mir in der ›Petite Cloche‹? Ich möchte dich mit Françoise bekanntmachen. Eine ulkige Nudel, du wirst schon sehen. So 'n Schandmaul hab ich noch nie erlebt...«

»Ich hab leider schon was vor...«

Bob runzelte die Stirn. Er wußte, Dominique war noch verreist. Und er wußte genauso, daß Justin außer ihm keinen Freund besaß und daß er sein Strohwitwerdasein in Paris garantiert nicht dazu nutzen würde, bei seiner Schwägerin oder in Poissy im Gasthaus seiner Schwiegereltern zu Abend zu essen.

Calmar, durch Jouves Erstaunen verunsichert, fügte hastig hinzu:

»Einer, den ich in Venedig kennengelernt und dem ich versprochen habe...«

O je! Ein Schnitzer. In Zukunft mußte er sich vor solchen Fehlern hüten. Bob wäre imstande, sich im Beisein von Dominique ganz harmlos zu erkundigen:

»Übrigens, dein Freund aus Venedig...«

Er verbesserte sich und machte damit alles noch schlimmer:

»Wenn ich Venedig sage, meine ich... Tatsächlich habe ich ihn im Zug kennengelernt...«

»Ein Franzose?«

»Nein... Irgendwo aus Südeuropa, genau weiß ich's auch nicht...«

So weit war es mit ihm gekommen, daß er jedes seiner Worte auf die Goldwaage legen und jeden Gesichtsausdruck kontrollieren mußte.

In der Umgebung von Sartrouville, geradezu lächerlich weit entfernt, schaffte er sich den alten Aktenkoffer vom Halse, den fraglos nur wenige Leute hätten identifizieren können. Zu allem Überfluß hatte er zuvor auch noch Geflügelleber essen müssen. Ironie des Schicksals...

»Na, Monsieur Calmar, wie war's im Urlaub? Und was macht Ihre reizende Frau?«

Er war vor Einbruch der Dunkelheit bei Etienne gelandet. Der Wirt hatte ihn mit Handschlag begrüßt:

»Sehr braun kommen Sie mir nicht gerade vor. Für jemand, der frisch aus dem Urlaub zurück ist, sehen Sie ziemlich miesepetrig aus... Wir werden Ihnen ein leichtes Essen zurechtmachen: vorweg eine Gemüsesuppe, dann ein Omelett mit Geflügelleber, das wird Ihnen bestimmt schmecken.«

Sogar das Omelett mußte er hinnehmen, denn, wer weiß, wenn er eines Tages mit Dominique herkäme, würde es sonst vielleicht heißen:

»Erinnern Sie sich noch, wie Sie am ersten Abend nach Ihrer Rückkehr aus Venedig meine Geflügelleber verschmäht haben?«

Sie würde dem entnehmen, daß er nicht am Boulevard des Batignolles zu Mittag gegessen hatte ... Jede Frage, jede Lüge zog unweigerlich die nächste nach sich ... Er begann mißtrauisch zu werden, überall Gefahren zu wittern.

Es sei denn ... Eine neue Idee schoß ihm durch den Kopf, aber er sträubte sich, sie ernsthaft zu erwägen: es sei denn, er weihte Dominique ein.

Wie würde sie reagieren? Sie war mit Sicherheit genauso anständig wie er. Als erstes würde sie ihm Vorwürfe machen, weil er sich nicht sofort an die Polizei gewandt hatte.

Vielleicht könnte er sie davon überzeugen, daß dies praktisch unmöglich war, nachdem er den Schlüssel vom Unbekannten im Zug angenommen hatte. Und wenn sich nichts Unvorhergesehenes ereignete, würde es mit jedem Tag unmöglicher werden.

Er war immer sicherer, daß dieses Geld in seinem Besitz bleiben würde, was auch geschehen mochte. Ebenso fest stand für ihn: Wenn er mit seiner Frau darüber sprach und sie, wie anzunehmen war, die gleichen Rückschlüsse zog wie er, dann würde sie von Stund an ihr gemeinsames Leben bestimmen.

»Wir müssen vor allem an die Kinder denken, Justin. Ich hab dir immer gesagt, daß ihnen die Pariser Luft nicht guttut. Erinnere dich – seit wir verheiratet sind, habe ich ständig gebohrt, wir sollten uns ein kleines Haus auf dem Land kaufen. Man kann welche finden, die in nur fünfzehn Jahren abbezahlt sind ...«

Der tiefere Grund dafür war, daß ihre Eltern sich bei Poissy zur Ruhe gesetzt hatten!

»Was hast du gemacht, als ich dich kennenlernte? Du warst Englischlehrer am Lycée Carnot, stimmt's? Du hast den Beruf freiwillig an den Nagel gehängt, um mehr Geld zu verdienen. Damals hast du sogar von der Promotion gesprochen, wolltest auf die Universität...

Na; und jetzt hindert dich nichts daran. Wir lassen uns irgendwo nieder, an einem hübschen Fleckchen, mit einem Fluß in der Nähe... Du siehst zu, daß du eine Stelle in der nächsten Stadt bekommst...

Frei von Geldsorgen, kannst du wissenschaftlich weiterarbeiten, wie es dir paßt... Und die Kinder haben gleichzeitig ein gesundes Leben... Wir legen Geld für ihr Studium auf die hohe Kante, damit das später gesichert ist. Man kann nie wissen...«

Nein! Dieses Geld, das ihm so zu schaffen gemacht hatte und sicher noch zu schaffen machen würde, sollte und durfte nicht dazu benutzt werden, Dominiques Träume zu verwirklichen.

Zunächst einmal, weil es nicht seine Träume waren. Auch und gerade, wenn es so aussah. Zum Beispiel die Idee mit der Promotion. Sie war ihm durch den Kopf gegangen, das stimmte. Ebenso stimmte es, daß er sich eine Zeitlang als Professor gesehen hatte, der in Pantoffeln am Schreibtisch saß und in aller Ruhe an Büchern über vergleichende Literaturwissenschaft herumbosselte – oder auch über irgendeinen englischen Dichter, beispielsweise Byron, und dessen Rezeption.

In Wahrheit hatte er seinen Beruf gewählt, weil ein Lehrer in der Tertia gesagt hatte:

»Der Junge hat ein angeborenes Sprachtalent...«

Nach dem Schulabschluß hatte er ein Stipendium bekommen und das Studium aufgenommen. Er bestand die üblichen Prüfungen und erhielt das »Zeugnis über die pädagogische Befähigung zum Unterricht an Gymnasien« für Englisch und Deutsch.

Damals spielte sich sein Leben im Quartier Latin ab. Er wohnte in einer kleinen Pension hinter der Halle aux Vins und ging an besonderen Glückstagen in die ›Petite Cloche‹ essen, wo er Robert Jouve kennengelernt hatte.

Seine Mutter war hochbefriedigt, daß er Lehrer wurde, wobei sie es allerdings vorgezogen hätte, ihn in Gien statt in Paris zu sehen. Sie wußte nicht, daß er anfangs nur als eine Art Hilfslehrer fungierte, was für sie auch keinen Unterschied gemacht hätte. Zu ihren Kunden sagte sie sicher voller Stolz:

»Mein Sohn, der Studienrat...«

Er war nicht dazu gedrängt worden. Tatsächlich war von keiner Seite der Versuch unternommen worden, ihn zu beeinflussen, doch von einer wohlüberlegten Entscheidung konnte ebensowenig die Rede sein. Er war mit dem Strom geschwommen, hatte Dominique geheiratet und wohnte mit ihr in der Zweizimmerwohnung zum Hinterhof am Boulevard des Batignolles, keine hundert Meter entfernt von dem Restaurant, in dem er gerade zu Abend gegessen hatte.

Er hatte den Lavaud-Clan kennengelernt, der damals noch in seiner jetzigen Wohnung lebte. Der Vater, zu jener Zeit Maître d'hôtel, schätzte seine gesellschaftliche Rolle sehr hoch ein. Das ›Wepler‹ war immer noch Treffpunkt einiger Stars und Kritiker, die ihn familiär Louis riefen.

Wenn er von ihnen sprach, nannte er sie auch nur beim Vornamen, als rede er von seinesgleichen.

»Siehst du, mein Junge, in meinem Beruf kennt einen jeder, und man selber kennt Gott und die Welt. In keinem anderen Beruf macht man so viele interessante Bekanntschaften. Abgesehen davon, daß man weit mehr über die Leute erfährt, als sie sich vorstellen. Wenn ein Mann wie ich nach vierzig Jahren in Paris seine Memoiren schriebe... Du bringst zwar den Bälgern meiner Gäste was bei, aber von ihnen selber kennst du nur die Fassade...«

Eine ältere Schwester war in Le Havre verheiratet; auch sie hatte mit dieser Branche zu tun, da ihr Mann Barkeeper bei der Compagnie générale transatlantique war. Die andere, Rolande, war Sekretärin bei einem Anwalt am linken Seineufer, alleinstehend und in nicht ganz durchschaubaren Verhältnissen lebend.

Wer weiß? Vielleicht würde Dominique, obwohl sie nicht besonders an ihren Eltern zu hängen schien, den Vorschlag machen:

»Warum kaufen wir uns nicht ein Restaurant, etwas in der Art wie das von Papa?«

Denn das lag ihr im Blut. Wenn er sich sonntags zum Mittagsschlaf nach oben verzog, half sie mit Begeisterung unten mit, in der Küche oder im Restaurant. Einmal hatte er sie in der Schürze erwischt.

»Versteh das doch, Justin, sie waren total überlastet. Da ist doch nichts dabei, schließlich bezahlen wir ja auch nichts für unser Essen...«

Er war wirklich nicht drauf versessen, jeden Sonntag nach Poissy zu fahren. Die Kinder freilich liebten das alte

Pferd abgöttisch – sollten sie! Was ihn anging, er hätte einen gelegentlichen Kulissenwechsel vorgezogen.

Und was den Lehrerberuf anbetraf... Merkwürdig, da hatte ihm ein Unbekannter fast gewaltsam einen Schlüssel in die Hand gedrückt, und nun entdeckte er plötzlich, daß nahezu sein gesamtes Leben auf Halbwahrheiten, wenn nicht auf Lügen beruhte.

Zu Anfang war er glücklich gewesen im Lycée Carnot. Auch er hielt – genau wie sein Schwiegervater – seinen Beruf für einen der schönsten, die es gibt.

Wenn er die aufmerksamen Kindergesichter in den Bankreihen vor sich sah, erfüllte ihn das mit Begeisterung, und er konnte es kaum erwarten, in der Oberstufe zu unterrichten und den jungen Leuten seine Bewunderung für die englischen Dichter zu vermitteln.

Er hatte den Lehrerberuf nicht des Geldes wegen an den Nagel gehängt. Dominique ließ er zwar in dem Glauben, aber nur Bob kannte das Geheimnis, das dahintersteckte.

Tatsächlich hatte er seine Laufbahn als Lehrer jämmerlich verpfuscht. Und das schon nach zwei Jahren, als er noch mit Leib und Seele dabei war.

Trotzdem hatte er alles getan, was in seiner Macht stand. Da er die Abneigung der meisten Schüler gegenüber Fremdsprachen kannte, hatte er sich bemüht, seinen Unterricht interessant zu gestalten. Zum Beispiel dachte er sich amüsante, humoristische Dialoge aus, die er mit seinen besten Schülern vorführte.

»Sie kommen mir heute recht ernst vor, Mr. Brown.«

»Ja, weil ich meinen Schirm vergessen habe.«

»Regnet es denn?«

»Regnet es etwa nicht?«

Sie lachten. Nur einer verzog keine Miene und zeigte nicht die Spur von Interesse für das, was um ihn herum vorging. Es war immer derselbe, er saß hinten in der Klasse und hieß Mimoune.

»Dürfte ich Sie wohl fragen, Monsieur Mimoune, woran Sie denken?«

»An gar nichts, Monsieur.«

»Ich erlaube mir, Sie daran zu erinnern, daß Sie in diesem Augenblick tunlichst an die Englischstunde denken sollten. Denn ich gehe wohl nicht fehl in der Annahme, daß Ihre Eltern Sie eben deswegen herschicken...«

Der Junge war eigensinnig, verstockt. In seinem Blick spiegelte sich in solchen Momenten blanker Haß.

»Übersetzen Sie bitte den ersten Satz auf Seite 65, Monsieur Mimoune.«

»Ich habe mein Buch vergessen, Monsieur.«

»Bitten Sie Ihren Nachbarn, Ihnen seins zu leihen.«

»Ich pumpe mir nie etwas, von keinem.«

»Sie schreiben mir die Seite 65 dreimal ab, Monsieur Mimoune.«

Es war lächerlich: ein blödes Wortgefecht zwischen einem ausgewachsenen Mann, dem seine Stellung der Klasse gegenüber Autorität verlieh, und einem zwölfjährigen Kind, das sich darauf stützen konnte, daß sein Vater persönlicher Referent in einem wichtigen Ministerium war.

»Monsieur Mimoune...«

»Ja, Monsieur?«

Dieses »Ja, Monsieur« klang dermaßen hämisch, daß Calmar häufig kapitulierte.

»Nichts. Setzen Sie sich. Wir werden uns bemühen, Sie nicht in Ihren Träumereien zu stören, vorausgesetzt, daß Sie uns freundlicherweise ebenfalls nicht stören...«

In den anderen Klassen hatte Calmar keinerlei Schwierigkeiten. In der von Mimoune ging die Sache allmählich schief, und es bildeten sich bald zwei Cliquen.

Er spürte es vor allem am Lachen. Es nahte der Moment, in dem seine Witzchen nur noch bei der Hälfte der Klasse ankamen und dieser Anteil dann immer mehr schrumpfte.

»Nun gut, Messieurs, wenn Ihnen Strenge lieber ist, werde ich eben andere Saiten aufziehen, und dies höchst ungern, wie ich gleich hinzufügen möchte...«

Er unterrichtete nur in der Sexta und Quinta. Der Zufall wollte es, daß Justins Beförderung im gleichen Jahr erfolgte, in dem Mimoune trotz seiner schlechten Noten in Englisch in die Quarta versetzt wurde und er diese Klasse übernahm.

Der Junge entwuchs allmählich dem Kindesalter. Seine Stimme war tiefer geworden. In seinem Blick lag nicht nur unverminderte Gehässigkeit, sondern auch ein unerklärlicher Drang, das letzte Wort zu behalten.

»Monsieur Mimoune...«

»Ja, Monsieur.«

»Haben Sie Ihr Lesebuch da?«

»Ja, Monsieur.«

»Wären Sie wohl bereit, willens und in der Lage...«

»Ich bin nicht willens, Monsieur, sondern gezwungen...«

»Ich billige diese Antwort zwar nicht, beglückwünsche Sie aber trotzdem zu Ihrem Sprachgefühl. Ich würde es außerordentlich begrüßen, es auch in Ihren Textinterpretationen feststellen zu können. Seite 42, bitte…«

Zweimal wurde Calmar zum Direktor gerufen. Der Name Mimoune blieb unerwähnt. Es war nur höchst unbestimmt von Eltern im allgemeinen die Rede.

»Es gibt einige Beschwerden, Monsieur Calmar, daß es Ihrem Unterricht an einer gewissen Strenge fehlt. Offenbar bringen Sie Ihre Schüler gern zum Lachen, selbst auf Kosten der Disziplin, was Sie jedoch bei anderer Gelegenheit nicht zu hindern scheint, übertriebene Strenge an den Tag zu legen… Denken Sie bitte einmal darüber nach… Und vergessen Sie nicht, daß die Wahrheit stets in der Mitte liegt… Sie können jetzt gehen, Monsieur Calmar…«

Das mit der Ohrfeige passierte im dritten Jahr seiner Lehrtätigkeit. Josée war anderthalb und zahnte gerade. Das Wetter war schwül und drückend. Die Schwiegereltern waren noch nicht aus Paris weggezogen, und er lebte mit Frau und Kind in der Zweizimmerwohnung am Boulevard des Batignolles. Dominique hatte sich das ganze Frühjahr über gesundheitlich nicht wohl gefühlt.

Mimoune verhielt sich zugleich ruhiger und aufsässiger denn je.

»Monsieur Mimoune, ich habe Ihnen schon mehrfach gesagt, daß ich Kaugummikauen während des Unterrichts nicht dulde…«

»Monsieur, ich darf Sie darauf aufmerksam machen, daß Sie ein schlechtes Beispiel geben, wenn Sie selbst ständig Ihre Bonbons lutschen.«

Das stimmte. Damals hatte Calmar oft Magenverstimmungen und wollte nicht mit schlechtem Atem vor die Klasse treten.

»Ich dulde nicht…«

»Und ich verbitte mir…«

Sie sprachen beide gleichzeitig, auf einen Meter Abstand, und Mimoune, der sich inzwischen erhoben hatte, war nun so groß wie sein Lehrer. Wessen falsch gedeutete Bewegung hatte die schallende Ohrfeige ausgelöst, die von einer jähen Stille im Klassenzimmer gefolgt war, ehe der Tumult losbrach?

»Ich habe mich wahrhaftig bedroht gefühlt, Herr Direktor. In seinen Augen war ein solcher Haß auf mich, daß ich, als er den Arm hob…«

»Still, Monsieur Calmar. Lassen Sie ihn ausreden…«

»Er hat mich geschlagen, Herr Direktor. Ich weiß, daß dies sein langgehegter Wunsch war. Seit drei Jahren schon bin ich ihm ein Dorn im Auge…«

»Was haben Sie dazu zu sagen, Monsieur Calmar?«

»Daß mich dieser Schüler in der Tat seit drei Jahren…«

Was hatte es schon für einen Sinn? Er zog den kürzeren. Und nicht nur wegen Mimoune. Die anderen hatten dann auch angefangen. Die Lehrer, die Aufseher, schließlich gar der Direktor begegneten ihm voller Mißtrauen, als hielten sie ihn viel eher für das schwarze Schaf.

Er hatte den Lehrerberuf mit Freude, sogar mit echter Begeisterung ergriffen.

»Das ist gelaufen, mein lieber Bob. Bis jetzt haben sie mich nur verwarnt. Aber irgendwann kommt's dicker. Da werden sie mich in ein kleines Provinznest verfrachten und so lange dort schmoren lassen, bis sie mir den wohlmeinenden Rat geben, ich solle lieber freiwillig gehen...«

»Was willst du denn jetzt machen?«

»Keine Ahnung... Ich sehe mich weder als Dolmetscher bei Cook noch als Portier in einem Grandhotel. Trotzdem wird mir bei meinen Kenntnissen gar nichts anderes übrigbleiben...«

»Kannst du eigentlich auch Deutsch?«

»Ungefähr ebensogut wie Englisch...«

»Darüber muß ich mal mit meinem Chef sprechen...«

»Glaubst du denn, daß es in einem Kunststoffwerk eine Stellung für mich gibt?«

»Du kennst Baudelin nicht... Ist der etwa ein Industrieller? Keine Spur. Er war Eisenwarenhändler und hatte keinen Schimmer von Kunststoffen. Na, und was bin ich? Maler und ehemaliger Student an der Kunstakademie, was ihn nicht gehindert hat, mich als Designer für Schüsseln, Zahnbürsten, Campingbesteck und unzerbrechliche Flaschen einzustellen.

Erst vergangene Woche hat er sich darüber beklagt, daß kein Mensch in der Firma Englisch kann.

›Diese gottverdammten Amerikaner bringen viel funktionellere Modelle heraus als wir‹, hat er gesagt, ›und außerdem erfinden sie jeden Tag neue Gegenstände aus Kunststoff... Wenn nur jemand ihre Kataloge lesen könnte...‹«

So war er zu seiner Stellung gekommen. Mit den Katalogen von Sears Roebuck, Macy's, Gimbel's und anderen großen Kaufhäusern hatte alles begonnen.

Trotzdem war Dominique genau wie seine Schwiegereltern davon überzeugt, daß er seinen Beruf als Lehrer aufgegeben hatte, um mehr Geld zu verdienen.

»Ich weiß, Justin, das ist ein Opfer, das du Josée und mir bringst… (Bib war noch nicht auf der Welt.)… Fällt es dir auch nicht zu schwer? Bist du sicher, daß du's nicht eines Tages bereust?«

»Aber nein, Liebling…«

Wovon würde er sie wohl künftig noch überzeugen müssen? Er dachte darüber in seinem Bett nach, in ihrem gemeinsamen Bett, in dem er sich allein unbehaglich fühlte, wobei ihm die Aktentasche voller Geldscheine nicht aus dem Kopf ging. Die Tatsache, daß sie wie ein wertloser Gegenstand im Wandschrank in der Diele herumstand, wurde bei ihm zur Zwangsvorstellung.

Und wenn nun…?

ZWEITER TEIL

I

»Mein armer Justin, du siehst aber gar nicht gut aus. Du hast doch hoffentlich bei Etienne gegessen und bist dort ordentlich versorgt worden?«

Schon am Samstag auf dem Bahnhof hatte sie ihn immer wieder beunruhigt gemustert.

»Hast du dein Lebermedikament regelmäßig genommen?«

Die Frage hatte eine lange Vorgeschichte. Sie reichte bis in die Zeit zurück, als er im Gymnasium seinen langen Kampf mit Mimoune begonnen hatte. Er machte sich um so mehr Sorgen darüber, als er beruflich für sich keinen anderen Ausweg sah und spürte, daß er das nicht lange durchstehen würde. Die Sache schlug sich ihm auf den Magen. Sie waren schon damals bei Dr. Bosson in Behandlung, der später als Hausarzt die ganze Familie betreute.

Doch nicht Bosson hatte von seiner Leber gesprochen, sondern Dominique.

»Meinen Sie nicht, Doktor, daß er eine empfindliche Leber hat?«

Bosson, der nie jemandem widersprach, hatte zögernd genickt und undeutlich vor sich hin gemurmelt:

»Kann schon sein, vielleicht ein wenig...«

Er hatte ihm ein Pulver verordnet, das er gleich beim

Aufwachen und nach den Hauptmahlzeiten einnehmen sollte. Monatelang hatte Justin das völlig vergessen.

»Du mußt achtgeben. Im Gesicht wirst du schon wieder gelb.«

Ein seltsames Gefühl, wieder mit ihnen zusammenzusein, seine Tochter wiederzusehen in einem Kleid und noch brauner als bei seiner Abreise, und dann Bib, der ihm plötzlich so erwachsen vorkam.

Er fühlte sich ihnen nicht ganz zugehörig. Und sie wiederum ahnten dunkel, vor allem Dominique, daß sich irgend etwas verändert hatte.

»Bist du abends oft ausgegangen?«

»Nur einmal, mit Bob.«

»Bist du spät nach Hause gekommen?«

»Um elf. An den anderen Abenden war ich schon um zehn im Bett...«

»Ist Madame Léonard täglich zum Aufräumen hier gewesen, wie ich sie gebeten hatte?«

»Ich denke schon. Ich hab sie zwar nicht gesehen, aber abends war immer alles ordentlich...«

»Du hast doch keinen Ärger im Büro?«

»Nicht im geringsten.«

Eine Frage der Gewöhnung – er mußte sich wieder anpassen.

Im Laufe dieser Woche hatte sich allerlei ereignet, aber er durfte nicht darüber sprechen. Am Dienstag hatte er die *Tribune de Lausanne* an einem Kiosk auf den Champs-Elysées gekauft und in die Tasche gestopft, war dann in ein Bistro gegangen, hatte sich einen Aperitif bestellt und danach auf der Toilette die Zeitung durchgeblättert.

Er konnte es nicht riskieren, bei der Lektüre einer Schweizer Zeitung beobachtet zu werden – er, der in seinem ganzen Leben nur knapp drei Stunden dort verbracht hatte und weder Verwandte noch Freunde in dem Land besaß.

Unter der Rubrik »Wallis« stand etwas Neues, und sein Herz begann heftiger zu klopfen.

Verstümmelte Leiche im Simplon

In der Nacht von Sonntag auf Montag haben Streckenarbeiter im Simplontunnel eine grausige Entdeckung gemacht. Fünf Kilometer von Brig entfernt fand die Kolonne auf dem Schotter verstreut die gräßlich verstümmelten Leichenteile eines Mannes mittleren Alters, dessen Identität nicht festgestellt werden konnte. Man nimmt an, daß es sich um einen Reisenden handelt, der sich im Dunkeln in der Tür geirrt und das Gleichgewicht verloren hat.

Vor allem in der Ferienzeit passieren zahlreiche Züge den Simplon, insbesondere an den Wochenenden, so daß sich beim derzeitigen Stand der Ermittlungen unmöglich sagen läßt, aus welchem der tragische Sturz erfolgt ist.

Keine Schlagzeilen. Kein Pathos, bis auf »grausig« und »tragisch«. Nur eine ganz alltägliche Meldung unter »Vermischtes«. Man würde vielleicht weiterberichten, vielleicht auch nicht.

Wichtig daran war, daß der Unbekannte aus dem Zug aus Venedig den Inhalt des Aktenkoffers nicht von Justin zurückfordern würde. Es gab weder einen Hinweis auf seinen Paß noch auf den Inhalt seiner Brieftasche, was einigermaßen ungewöhnlich war, es sei denn, der oder die Täter hatten sich beides angeeignet, bevor sie ihn im Dunkel des Tunnels aus dem Zug stießen.

Zwei Seiten danach eine weitere Überschrift, ebenfalls nicht besonders aufsehenerregend:

Maniküre in Lausanne erdrosselt

Am Montag wurde die Polizei gegen Abend in eine Wohnung in der Rue du Bugnon gerufen, wo sich eine Mieterin, die Schneiderin Juliette P., darüber gewundert hatte, daß bei ihrer Nachbarin keinerlei Lebenszeichen zu vernehmen waren.

Als sie die Tür unverriegelt fand, öffnete sie sie einen Spaltbreit und sah ihre Nachbarin leblos im Wohnzimmer liegen. Es handelte sich um die unverehelichte Arlette Staub aus Zürich, seit mehreren Jahren wohnhaft in Lausanne.

Arlette Staub war von Beruf Maniküre. Seit geraumer Zeit arbeitete sie vorwiegend in einem der bekanntesten hiesigen Hotels mit internationaler Stammkundschaft.

Allem Anschein nach hat sich die hübsche, elegante junge Frau jedoch nicht mit ihrem Arbeitslohn begnügt und in ihrer Wohnung zahlreiche Besucher empfangen.

Obwohl die Polizei über die Angelegenheit Stillschweigen bewahrt, glauben wir zu wissen, daß die fünfundzwanzigjährige Maniküre am Sonntag nachmittag mit einem blauen Seidenschal, der unweit der Leiche gefunden wurde, erdrosselt worden ist.

Weiter nichts. Auch diese Nachricht nicht als Sensation aufgemacht. Und ebensowenig Mitleid mit einer »eleganten« jungen Frau, die »sich anscheinend nicht mit ihrem Arbeitslohn begnügte« und in ihrer Wohnung »zahlreiche Besucher« empfing.

Dennoch war und blieb eine Einzelheit für Calmar beunruhigend: »Die Polizei bewahrt Stillschweigen über die Angelegenheit...«

Bedeutete das nicht, daß die Polizei zumindest Anhaltspunkte für eine Spur besaß, die sie nicht enthüllen wollte? War vielleicht ein Mann in eierschalenfarbenem Anzug dabei gesehen worden, wie er am späten Sonntag nachmittag ein Taxi gegenüber dem Haus halten ließ und kurz darauf wieder eingestiegen war?

War der Chauffeur ausfindig gemacht worden? Hatte er eine Personenbeschreibung seines Fahrgastes gegeben und den Aktenkoffer nicht erwähnt?

Im Bahnhofsrestaurant erinnerte sich die Kellnerin bestimmt an ihn, an seine beiden Whiskys, an sein ängstliches oder mitgenommenes Aussehen...

All das gehörte jetzt zu seinem Leben. Er hatte sich schon beinahe damit abgefunden. Am Montag abend war er mit dem Wagen nach Sartrouville gefahren, um den in blaues Papier eingewickelten Aktenkoffer in die Seine zu werfen, wo er noch eine Weile auf dem Wasser trieb, ehe er endgültig versank.

Alles erregte seinen Argwohn: im Dunkeln geparkte Wagen, in denen sicherlich bloß Liebespaare saßen, an den Quais vertäute Frachtkähne, unter einem Baum oder einem Brückenpfeiler schlafende Clochards.

Er hatte darauf geachtet, daß er alle Mahlzeiten bei Etienne einnahm, bis auf den Abend, an dem er mit Bob und dessen neuer Freundin essen gegangen war, dieser kratzbürstigen Françoise mit ihrem Schandmaul. Garantiert hatte sie hinterher eine entsprechende Bemerkung gemacht:

»Hör mal, dein Freund ist aber 'ne trübe Tasse …«

Ein ausgesprochener Witzbold war er freilich nie gewesen. Aber abgesehen von der düstersten Zeit am Gymnasium hatte er sich nicht für grämlicher als andere gehalten. Wenn er abends Josée bei den Schularbeiten half, frotzelte sie ihn ungeniert, was sie sich einem sauertöpfischen oder krampfhaft auf Würde bedachten Vater gegenüber nicht getraut hätte.

Nein. Er war genau wie die anderen, wie die meisten anderen. Handelte er nicht auch jetzt noch, wie jeder x-beliebige an seiner Stelle gehandelt hätte?

In Ermangelung eines sicheren Verstecks in den Büroräumen oder im Laboratorium der Avenue de Neuilly hatte er sich mit einer Lösung abgefunden, die ihm nur halb zusagte und die er als vorläufig ansah.

Da er den Aktenkoffer nun einmal aus einem Gepäckschließfach am Bahnhof hatte, warum sollte er nicht ein System daraus machen?

Am Dienstag hatte er das Büro früher als gewöhnlich verlassen und fast ganz Paris durchquert, um ein Lederwarengeschäft am Boulevard Beaumarchais aufzusuchen. In seinem Viertel durfte er keinen Kauf tätigen, der aus dem Rahmen fiel; da war ihm dieser Laden in den Sinn gekommen, den er eines Tages etwa auf der Höhe des Cirque d'Hiver im Vorbeifahren bemerkt hatte.

Wichtig war nur die Größe, nicht die Qualität. Er brauchte sogar irgendeine Dutzendware, um nicht jedesmal, wenn er den Koffer herausnahm, die Aufmerksamkeit auf sich zu lenken.

Denn er mußte ihn von jetzt ab alle fünf Tage herausholen. So lauteten die Vorschriften. Nach fünf Tagen wurden die Fächer von dem zuständigen Beamten bei der Gepäckaufbewahrung geöffnet und der Inhalt dann dort in den Regalen sechs Monate lang gelagert.

Dieses Risiko wollte er nicht eingehen. Er hätte ein Fach längerfristig mieten können, aber dann wäre er genötigt gewesen, ein Formular auszufüllen und Namen wie Adresse anzugeben.

Angefangen hatte er an der Gare Saint-Lazare. Bis Sonntag mußte er den Koffer entweder abholen oder neuerlich Geld einwerfen, was er riskant fand. Lieber wechselte er jedesmal den Bahnhof.

Das Ganze war weitaus komplizierter, als es zunächst schien. Bis zu seiner Rückkehr aus Venedig war ihm nie bewußt geworden, daß er wie ein Gefangener den Zwängen einer Routine ausgeliefert lebte, daß sein Tun und Treiben rund um die Uhr mit Argusaugen beobachtet wurde, sei es von seiner Frau oder den Kindern, sei es im Büro von seinem Chef, seinen Kollegen und den Sekretärinnen.

Der Beweis: Er hatte noch nie so viel von seinem schlechten Aussehen reden hören. Offenbar hatte er nicht das Recht auf Magenbeschwerden, auf die Sorgen und Nöte, die ihn beschäftigten.

»Wo drückt denn der Schuh, alter Junge?«

Dominique stand bei Tisch auf, um ihm die Briefchen mit seinem Pulver zu holen.

»Wenn's dir in zwei bis drei Tagen nicht besser geht, rufe ich Dr. Bosson an...«

Der Arzt wohnte drei Häuser weiter, so daß sie ihn oft vorbeigehen sahen. Er schleppte seine alte Tasche mit sich, die so schwer war, daß er immer irgendwie schiefschultrig wirkte. Er hatte einen dichten graumelierten Schnurrbart, durch den er an einen Vorstehhund für die Entenjagd erinnerte, und wenn er einen Patienten untersuchte, brummte er unaufhörlich vor sich hin.

Die ganze Familie war ihm ans Herz gewachsen, insbesondere Josée, die er von Geburt an kannte. Vielleicht hing er an allen seinen Patienten?

Justin war keineswegs darauf erpicht, von dem Arzt untersucht zu werden. Bevor seine Frau sich noch mehr beunruhigte, mußte er sein Gleichgewicht wenigstens einigermaßen zurückgewinnen. Das klappte schon besser. Er schaffte es, ohne Hektik, ohne übermäßige Angstgefühle zu überlegen, was er tun durfte und was nicht, was er sagen durfte und was nicht.

Monsieur Baudelin hatte die Nase ebenfalls in seine Angelegenheiten gesteckt. Am Dienstag war er in Calmars Büro gestürmt.

»Sieh mal an, schon zurück?«

Als ob er nicht gewußt hätte, daß Justin auf sein ausdrückliches Verlangen hin am Montag nachmittag die Arbeit wiederaufgenommen hatte!

»Man kann nicht gerade behaupten, daß Ihnen der Urlaub gutgetan hat. Er bekommt freilich keinem. Man rollt über die Straßen und hat nur eine Sorge: sämtliche Lastwagen zu überholen; man schläft in miserablen Zimmern; man stopft alles mögliche in sich hinein und bildet sich ein, das Essen sei besser, nur weil man nicht zu Hause ißt. Dann verbringt man seine Tage damit, sich einen Sonnenbrand zu holen, sich mit seiner Frau zu streiten oder die Kinder anzubrüllen, und wenn man endlich zurückkommt, muß man sich im Büro erholen. Erholen Sie sich, Bester! Sie haben jede Menge Zeit. Ich jedenfalls habe noch nie Urlaub genommen und kann nur hoffen, daß ich auch in Zukunft nicht dazu genötigt sein werde …«

Ohne die Samstagnachmittage und die Sonntage wäre Baudelin zweifellos ein glücklicher Mensch gewesen. Aber an diesen Tagen fühlte er sich nicht wohl in seiner Haut.

An einem Samstag nachmittag war Calmar noch einmal im Büro vorbeigefahren, um sich eine Akte zu holen, die er am Sonntag durcharbeiten wollte, und hatte die Büros still und leer vorgefunden. Das hatte auch auf ihn deprimierend gewirkt. Das Haus sah irgendwie verwahrlost aus, und alles, was während der Woche so wichtig erschien, wurde plötzlich belanglos.

Der Ausstellungsraum mit den verschiedenartigen Gegenständen aus Kunststoff in allen Farben sah plötzlich aus wie ein Gemischtwarenladen. Die Aktenschränke verloren ihren ernsten, feierlichen Anstrich, und die Schreibmaschinen mit den Schutzhüllen hatten etwas Makabres an sich.

Es war schwer vorstellbar, daß an allen übrigen Tagen das ganze Haus lebte, daß Menschen kamen und gingen, sich ernst und pflichtbewußt mit diesen gelben oder grünen Eimern, den durchsichtigen Bestecken, den Flaschen, den Kämmen, mit all den Gegenständen beschäftigten, die das Ergebnis langwieriger Forschungen, Diskussionen, Laboratoriumsversuche darstellten und plötzlich geradezu absurd wirkten.

Justin saß an seinem Schreibtisch und suchte die Unterlagen zusammen, die er brauchte, als er oben eine Schreibmaschine klappern hörte. Neugierig war er in den zweiten Stock hinaufgegangen, wohin er selten kam.

Dort hatte er den Chef in Pyjama und Morgenrock vorgefunden, wie er mit zwei Fingern auf einer Reiseschreibmaschine tippte, mit der er offensichtlich nicht vertraut war.

»Was haben denn Sie hier am Samstag nachmittag verloren?«

»Entschuldigen Sie die Störung. Ich bin vorbeigekommen, um mir ein paar Unterlagen zu holen, die ich mit ausgeruhtem Kopf zu Hause übersetzen will.«

»Nanu, sind Sie mit einemmal übereifrig?«

Er gab sich bärbeißig, aber Calmar hatte gespürt, daß der Alte keineswegs verärgert über diese Begegnung war. Vermutlich verbrachte er an diesen Tagen seine Zeit damit, in den verlassenen Büros, im Laboratorium, in den Geräteschuppen umherzuwandern. Man merkte das am Montag, wenn er eine der Sekretärinnen kommen ließ und ihr seine Beobachtungen diktierte, die sich in knappen Mitteilungen an die verschiedenen Abteilungsleiter niederschlugen.

Während die Büros im ersten Stock modern und komfortabel waren, glich das von Baudelin, zu dem noch nie ein Kunde Zutritt gehabt hatte, einer Art Rumpelkammer. Neben grünen Aktenschränken waren an den Wänden Regale aus hellem Holz, in denen sich alle möglichen Kataloge und Papiere türmten. Und in den Ecken stapelten sich auf dem Fußboden Erzeugnisse des Hauses, vor allem die mißratenen Produkte, die Gegenstand von Bobs und Monsieur Racinets Arbeit gewesen waren.

Häufig ließ sich der Chef am Sonntag vormittag von seinem Chauffeur Marcel nach Nanterre oder zu der Fabrik in Brézolles fahren, wo er nur den Wächter antraf oder, wie hier, durch die leeren Räume irrte.

Seitdem die Baustellen im Département Finistère zugänglich waren, verbrachte er manchmal die Nacht im Wagen, und am Sonntag konnten ihn die vorbeikommenden Autofahrer sehen, wie er einsam unter den Kränen umherstapfte, die tiefen Erdtrichter, die Betonmischmaschinen, die Steinbrecher umkreiste.

»Hoffentlich hat Ihre Frau mehr von dem Urlaub in Venedig gehabt als Sie?«

»Sie kommt erst am Samstag zurück …«

Der Chef hatte sie nur einmal gesehen, beim zwanzigsten Firmenjubiläum, als das ganze Personal nebst Angehörigen zu einem kalten Büfett im Ausstellungsraum eingeladen wurde. Sein Gedächtnis für Gesichter und Namen war hervorragend. Er vergaß nichts. So hatte er sich auch erinnert, daß Justin nach Venedig in Urlaub gefahren war, und fraglos wußte er genauso über alle anderen Angestellten Bescheid.

Vielleicht wäre ihm die Auskunft darüber, was seine eigene Frau und Tochter machten, schwerer gefallen.

Bei ihm muß ich aufpassen, dachte Justin.

Er bekam den Chef nicht oft zu Gesicht, meistens nur für ein paar Sekunden zwischen Tür und Angel, aber er war von allen der gefährlichste.

Bob beobachtete ihn noch schärfer, stellte ihm Fragen, wirkte beunruhigt. Doch Bob würde schnell zu der einzigen Lösung gelangen, die er für normal hielt.

»Alle Ehen gehen unweigerlich schief...«, war einer seiner beliebten Sprüche, die er stets im scherzhaften Plauderton von sich gab. »Sobald man zwei Menschen männlichen und weiblichen Geschlechts zusammenspannt, ist es eine geradezu lachhafte Annahme, daß einer von beiden für immer und ewig bereit ist, seine Persönlichkeit aufzugeben und sich dem anderen unterzuordnen.«

Bob selber hatte nie länger als drei Monate mit einer Frau zusammengelebt. Ob er das nicht bedauerte? War es nicht sein Unvermögen, eine echte Bindung einzugehen, was ihn so pessimistisch machte?

»Eine Zeitlang wandert man Händchen haltend oder untergehakt dahin. Man erzählt von sich. Jeder spricht mit wahrer Wonne von sich selbst und hört nur mit halbem Ohr zu, was der andere ihm zu erzählen hat... Wenn eine Frau dann zum zweiten- oder drittenmal die gleiche Geschichte aus ihrer Kindheit verzapft, wird sie zur Nervensäge, und umgekehrt ist es nicht anders, wenn der Mann ihr immer wieder mit den Heldentaten kommt, die er als Siebzehnjähriger verrichtet hat...«

Sein Fazit: »Das Ganze ist wie ein Boxkampf. Am Schluß muß einer von beiden gewinnen und der andere sich unterordnen. Die Frage ist nur: wer?«

Nach Justins Eindruck hatte in seiner Ehe weder der eine noch der andere zu gewinnen versucht. Erst jetzt wurde er sich der engen Grenzen bewußt, die seinem Leben und seinem Handeln gesetzt waren.

Nur um den Koffer von einem Schließfach in ein anderes zu befördern, mußte er sich alle fünf Tage eine Ausrede ausdenken, sei es im Büro, wenn er früher als sonst ging, sei es zu Hause, wenn er später kam.

Hatte er sich früher – selten genug – unterwegs aufgehalten, so geschah das, um beispielsweise die ersten Veilchen für Dominique zu erstehen, denn er hatte ihr immer die ersten Veilchen gekauft, eine Tradition, die bereits ins dreizehnte Jahr ging; oder er brachte für die Kinder etwas Besonderes mit: die ersten Kirschen, die ersten Aprikosen, die ersten Pfirsiche oder im Winter gelegentlich einen Kuchen, den er immer in der gleichen Konditorei in der Avenue de la Grande-Armée kaufte.

»Entschuldigt, Kinder, ich hab mich ein bißchen verspätet. Ich bin durch einen Unfall aufgehalten worden. Er hat sich vor meinen Augen ereignet. Zum Glück haben sie mich nicht als Zeugen genommen. Ich hab einfach so getan, als hätte ich nichts gesehen und gehört.«

Unmöglich, alle fünf Tage irgendwelche Unfälle zu erfinden. Doch dieses Problem ließe sich wohl in den Griff kriegen. Das war eine Frage der Präzision und der Organisation, wie der großspurige François Challans gern tönte, zu dessen Lieblingsworten Effizienz gehörte.

Der Mann aus dem Venedig-Expreß war tot. Arlette Staub, die Maniküre mit dem lockeren Lebenswandel, war ebenfalls tot, wenn man der *Tribune de Lausanne* Glauben schenken konnte. Weder in dem einen noch in dem anderen Zusammenhang war von dem Aktenkoffer oder von den Geldscheinen die Rede gewesen. Ebensowenig von Spionage oder von einer internationalen Schieberbande.

Bis auf weiteres gehörten die anderthalb Millionen niemandem, beziehungsweise, sie gehörten Justin Calmar.

Und der war, wenn sich keine zwingende Notwendigkeit ergab, entschlossen, sie zu behalten. Nochmals – das Motiv war nicht Habgier, denn im Grunde hatte er nicht die leiseste Idee, was er damit anfangen sollte. Er hatte nur einen einzigen Schein gewechselt und Mühe gehabt, das eingetauschte Geld auszugeben.

»Sieh an! Du hast dir ja eine neue Krawatte gekauft?«

»Ich hab mir gedacht, du würdest gern einen etwas fröhlicheren Schlips an mir sehen...«

Gewöhnlich suchte sie die Krawatten für ihn aus, dieses unvermeidliche Standardgeschenk zum Geburtstag, zu Weihnachten, zum Vatertag. Er war von dem unwiderstehlichen Verlangen gepackt worden, eine blau-rot gestreifte Krawatte in einem Herrenwäschegeschäft in der Avenue George-V zu erstehen, das er früher nie betreten hätte.

»Die war doch sicher teuer...«

»Billiger, als ich gedacht hätte... Achtzehn Francs...«

Das entsprach nicht der Wahrheit. Er hatte fünfundzwanzig Francs bezahlt. Und er bereute diese Lüge bereits. Er mußte unbedingt vorsichtiger werden und ständig auf der Hut sein. Das Firmenschild war in die Krawatte genäht. Wenn nun Dominique in das Geschäft ging und zu seinem nächsten Geburtstag eine Krawatte zu achtzehn Franc haben wollte? Er hatte sein Leben lang gearbeitet. In seiner Kindheit mußte er sich mehr anstrengen als seine Mitschüler, um ein Stipendium zu bekommen, und als Gymnasiallehrer hatte er sich mehr Mühe gemacht als seine Kollegen, aber trotzdem wegen eines Jungen namens Mimoune jämmerlich Schiffbruch erlitten.

Er mußte sich für diese Niederlagen schadlos halten, mußte es allerdings heimlich tun, da er ja niemandem sagen durfte, daß er ein reicher Mann geworden war.

Je mehr Tage und Wochen verstrichen, desto größer wurden Wachsamkeit und Beschützerinstinkt seiner Frau. Unaufhörlich und verstohlen beobachtete sie ihn.

»Hast du auch wirklich keinen Ärger, den du vor mir verheimlichst?«

»Nein, ich schwör's dir, mein Schatz.«

»Dann muß es der Streß sein.«

»Ich arbeite nicht mehr als sonst, Ehrenwort.«

Auch seine Schwiegereltern bedachten ihn am Sonntag immer wieder mit kurzen, forschenden Blicken, also hatten sie über ihn gesprochen. Den Beweis dafür erhielt er an einem Sonntag vormittag, als er mit seiner Tochter im Viertel spazierenging, während Bib wegen einer Erkältung zu Hause bleiben mußte. Plötzlich hatte sie mit der ernsten Miene einer Erwachsenen zu ihm gesagt:

»Eigentlich sind wir doch alle Egoisten...«

»Von wem sprichst du?«

»Von uns, den Frauen... Auch von den Kindern, wenn du so willst...«

»Wie kommst du darauf?«

»Weil man so daran gewöhnt ist, daß die Männer arbeiten, daß man schon gar nicht mehr darauf achtet. Wir wollen dauernd irgendwas haben. Vorige Woche sollte Mama mir einen neuen Pullover für den Herbst kaufen. Ich hätte den vom letzten Jahr durchaus noch tragen können, hab aber einfach behauptet, er wär mir zu eng... In Wirklichkeit wollte ich bloß genau so einen hellblauen Pulli haben wie meine Freundin Charlotte... Und deshalb mußt du nun wieder mehr arbeiten... Bist du mir böse, weil ich so ein Egoist bin?«

Selbst sie entwickelte Beschützerinstinkte, machte sich Sorgen, wenn er bei Tisch von einem Gericht nicht noch einmal nahm.

»Hast du denn keinen Hunger?«

»Ich bin schon satt.«

»Ißt du auch wirklich genug für einen Mann?«

»Aber sicher, mein Schatz...«

Zu seinen selbsternannten Schutzengeln gehörte neuerdings auch Mademoiselle Denave, die häßlichste der Sekretärinnen. Wenn Bob ihr auf dem Flur begegnete, konnte er nicht umhin, ihr einen Klaps auf den Hintern zu geben, worauf sie jedesmal prompt errötete. Sie schien die stumme Liebe, die sie für seinen Freund gehegt hatte, jetzt auf ihn zu übertragen.

Sobald er auf der Suche nach einer freien Schreibkraft ins Sekretariat kam, sprang sie als erste auf, mitten in einem halbfertigen Brief.

»Brauchen Sie mich, Monsieur Calmar?«

Sie oder eine andere. Ihm gegenüber verhielt sie sich

noch devoter als den anderen gegenüber, als hätte er das Sagen im Betrieb.

»Läuft alles nach Wunsch, Monsieur Calmar?«

»Aber ja.«

Diese penetrante Fürsorglichkeit, diese Spioniererei regte ihn auf. Er fühlte sich wie ein Gefangener, eingekreist von wachsamen Blicken, die sein Tun und Treiben, sein Mienenspiel belauerten und denen nicht das geringste entging, hier im Büro ebensowenig wie zu Hause.

Eines Tages unterlief ihm in einem Brief an ein amerikanisches Chemiewerk, das er um die technischen Daten eines neuen synthetischen Ausgangsprodukts bat, im vorletzten Absatz ein Irrtum. Bis fünf Minuten vor sechs hatte er Mademoiselle Denave diktiert und saß kaum in seinem Wagen, als ihm klar wurde, daß ihm eine völlig sinnentstellende Wortverwechslung unterlaufen war. Er nahm sich vor, dies gleich am nächsten Morgen richtigzustellen, und dachte noch beim Einschlafen daran. »Ich darf nicht vergessen, der Denave zu sagen …«

Aber als er tags darauf den Brief auf seinem Schreibtisch vorfand und ihn durchlas, stellte er fest, daß der Fehler bereits korrigiert war.

»Mademoiselle Denave … Kommen Sie doch bitte mal einen Augenblick zu mir …«

»Ja, Monsieur Calmar …«

Er fixierte sie streng.

»Das ist doch der Brief, den ich Ihnen gestern gegen Abend diktiert habe? Sagen Sie … Entspricht er meinem Diktat?«

»Ja … Das heißt …«

»Sie haben kein Wort verändert?«

»Entschuldigen Sie, Monsieur Calmar... Ich vermute, Sie waren müde... Sie haben zwei Wörter miteinander verwechselt, und ich habe mir erlaubt, das zu verbessern...«

»Und wenn ich nun aber gerade dieses Wort im Sinn gehabt hätte?«

Sie senkte den Kopf, offenbar den Tränen nahe.

»Unterlassen Sie so etwas bitte in Zukunft. Ob ich müde bin oder nicht, das zu beurteilen ist nicht Ihre Sache... Es geht mir ausgezeichnet, Mademoiselle Denave... ganz ausgezeichnet, verstehen Sie? Viel besser, als gewisse Leute annehmen...«

Er war im Unrecht. Mit diesem bedauernswerten Geschöpf, das ihn unter seine Fittiche nahm, durfte ihm nicht das gleiche passieren wie mit Mimoune. Aber warum glaubte sie auch, daß er Schutz brauchte? Schutz wovor? Und vor wem?

Er war im Gegenteil gerade dabei, das Ganze in den Griff zu bekommen. Da jetzt wohl keine unmittelbare Gefahr mehr bestand, ließ er den Koffer immer im gleichen Schließfach und warf lediglich neue Münzen ein.

Er hatte zwei weitere Zeitungskioske ausfindig gemacht, wo er die *Tribune* bekommen konnte, einen davon an der Place de l'Etoile, was ihm umständliche Fahrten ersparte. Trotzdem ging er anschließend weiterhin in ein Café oder eine Stehkneipe und schloß sich in der Toilette ein, um die Zeitung zu überfliegen.

Von dem Toten im Simplontunnel war nicht mehr die Rede; man hätte meinen können, die Schweizer Polizei messe dem Fall keinerlei Bedeutung bei. Sofern es nicht genau umgekehrt war... Wenn die Polizei sich über eine Sache ausschweigt, weist das nicht mitunter auf deren besondere Tragweite hin, so daß man besser jedes Aufsehen vermeidet? Und wenn Politik mit hineinspielte, wäre dann dieses Schweigen nicht genauso geboten?

Auch Arlette Staub wurde mit keiner Silbe mehr erwähnt. Was an jenem Sonntag, dem 19. August, in der Schweiz außer Trachtenumzügen und Autounfällen passiert war, schien es nie gegeben zu haben.

Dennoch traute er dem Frieden nicht. Er erinnerte sich an einen Fall, über den die Zeitungen vor ein paar Jahren des langen und breiten berichtet hatten. Der Name eines der Beteiligten war ähnlich wie der eines der Schauplätze in seinem Fall, soweit man ihn überhaupt so nennen konnte: Briggs oder Bricks...

Laut Zeitungsbericht handelte es sich um eine bedeutende Firma, die in den Vereinigten Staaten bundesweit Geldtransporte für Banken und für die Großindustrie übernahm und dafür gepanzerte Lastwagen sowie eine eigene Schutzpolizei zur Verfügung stellte.

In Boston hatten Verbrecher über Wochen und Monate die dortige Niederlassung der Firma beobachtet und Ankunft wie Abfahrt der gepanzerten Lastwagen genau registriert. Dabei war ihnen aufgefallen, daß täglich namhafte Geldbeträge vor dem Abtransport für mehrere Stunden in den Geschäftsräumen unter Verschluß lagen.

Es handelte sich freilich um eine regelrechte Festung. Trotzdem hatten sie den Coup ein Jahr lang vorbereitet, den man damals als waghalsigsten und größten des Jahrhunderts bezeichnet hatte.

An die Einzelheiten erinnerte er sich nicht mehr. Jedenfalls hatten die vier oder fünf Männer letztlich fünf- bis sechshunderttausend Dollar an sich gebracht, ohne die geringste Spur zu hinterlassen.

Jahrelang hatte die Polizei im verborgenen gearbeitet. Ihr Verdacht richtete sich gegen ein paar Männer, die Stammgäste in einer Kneipe in der Innenstadt waren und tagaus, tagein beschattet wurden.

Keiner von ihnen hatte auch nur einen Dollar ausgegeben, der ihm nicht rechtmäßig gehörte. Nicht einer hatte den geringsten extravaganten Aufwand getrieben.

Die Nummern der Geldscheine waren bei sämtlichen Banken und großen Warenhäusern bekannt. Fast zehn Jahre lang war keine gestohlene Banknote in Umlauf gebracht worden, weder in Amerika noch im Ausland.

In wenigen Wochen wäre die Verjährung eingetreten, denn da es kein Blutvergießen gegeben hatte, waren nach amerikanischem Gesetz mit dem Ablauf der Zehnjahresfrist die Voraussetzungen dafür geschaffen. Da kam von einer kleinen örtlichen Bank die Meldung, eine Zehndollarnote, die zu einer der Serien gehörte, sei bei ihr aufgetaucht. Durch den Geschäftsmann, der sie eingezahlt hatte, war man an einen der Verdächtigen gelangt, und fünf Tage vor Eintritt der Verjährung wurde die ganze Bande verhaftet.

So hatten die fünf Männer durchgehalten, jahrelang kärglich gelebt, während das Vermögen auf einem Friedhof vergraben lag, wenn Calmar sich richtig erinnerte.

Ein einziger hatte in letzter Minute die Nerven verloren. Sein Kind oder seine Frau waren krank. Und da hatte er sich bei Nacht ein paar Scheine geholt…

Diese Geschichte durfte er niemals vergessen. Er war gewiß kein Verbrecher, hatte nichts gestohlen. Nicht er hatte den Mann im Simplontunnel aus dem Zug gestoßen. Ebensowenig hatte er die Maniküre mit einem blauen Seidenschal erdrosselt, als sie sich gerade zum Ausgehen anzog.

Reiner Zufall hatte ihm ein Vermögen in die Hände gespielt, das niemandem gehörte. Wenn er es so recht bedachte, so stand eigentlich außer Zweifel, daß der Unbekannte ihn ganz bewußt ausgesucht hatte. Warum sonst hätte er ihn fast während der ganzen Fahrt derart beharrlich ausgefragt, über seine Person, seine Familie, seine Arbeit, seine Hobbys, seine Gewohnheiten?

So sehr, daß Justin sich Vorwürfe gemacht hatte, er sei zu redselig gewesen, habe sich alle Würmer aus der Nase ziehen lassen und beflissen von sich gesprochen, umgekehrt dagegen nicht die kleinste Frage gestellt.

Lag demnach nicht klar auf der Hand, daß ein so gründliches Verhör nicht dem einfachen Auftrag entsprach, an den Calmar anfangs geglaubt hatte, ein Auftrag – er erinnerte sich, wie ihm dieser Gedanke bereits in Lausanne gekommen war –, mit dem man den erstbesten Laufburschen hätte betrauen können? Einer der Gepäckträger auf dem Bahnhof beispielsweise hätte die Sache genausogut erledigen können.

Und wenn sein Reisegefährte sich über das Flugzeug, das er erreichen mußte, nur vage geäußert hatte, war das nicht darauf zurückzuführen, daß dieses Flugzeug gar nicht existierte?

Entweder hatte er das Dunkel im Simplontunnel nutzen

wollen, um Selbstmord zu begehen, oder er hatte sich bewußt der Gefahr ausgesetzt und vorausgesehen, daß er nicht am Bestimmungsort ankommen würde.

Ist es übrigens normal, ohne zwingenden Grund plötzlich die Toiletten anzusteuern, während der Zug einen der längsten Tunnels Europas durchquert? Von Venedig bis Mailand und dann von Mailand bis Domodossola hatte der Mann kein einziges Mal das Bedürfnis verspürt, zu verschwinden.

Hatte er eine mysteriöse Verabredung am Ende des Ganges oder in einem anderen Abteil? Sprach nicht mehr für die Möglichkeit eines Selbstmords? Erklärte das nicht, daß er nicht identifiziert werden konnte? War er nicht vor dem Sprung aus dem Zug darauf bedacht gewesen, seine Papiere und den Paß zu vernichten, den Calmar an der italienischen Grenze in seinen Händen gesehen hatte?

Wenn seine Wahl auf Justin gefallen war statt auf einen anderen Mitreisenden, von denen es ja genügend gab, dann nicht deshalb, weil er wußte, daß der Auftrag vielleicht doch nicht so einfach war, wie es den Anschein hatte?

Sah er die Möglichkeit voraus, daß Arlette Staub tot war? Und wäre es ihm dann nicht lieber, daß es keinen Skandal gab, daß keine weiteren Personen darin verwickelt wurden, wie es vielleicht der Fall gewesen wäre, wenn Calmar die anderthalb Millionen treu und brav bei der Polizei abgeliefert und seine Geschichte dazu erzählt hätte?

Diese Version mißfiel ihm durchaus nicht. Er feilte ständig an ihr herum, und sie leuchtete ihm mit jedem Tag mehr ein, weil er immer wieder etwas fand, was für sie sprach, wie etwa, daß der Unbekannte ihm, kurz bevor er den Schlüssel übergeben hatte, direkt in die Augen gesehen und gesagt hatte:

»Ich weiß, Sie sind ein anständiger Mensch...«

Warum sollte das nicht wahr sein? Es wurde zur Wahrheit.

Es war die Wahrheit. Bei dem Krach in dem ratternden Zug mit dem ständig im Wind knatternden Rollo hatten sie beide viele Sätze nicht mitgekriegt. Er war fast sicher, daß dieser Satz gefallen war.

Das hatte übrigens kaum noch Bedeutung. Die Klippe der Schuldfrage war umschifft. Er hatte ein für allemal entschieden, daß er nicht schuldig war, und das Problem stellte sich nicht mehr.

Dennoch blieben ihm etliche Sorgen, die sich nicht so leicht aus der Welt schaffen ließen. Zum Beispiel am Sonntag, an dem sie wie üblich mit dem Wagen nach Poissy fuhren. Seine Frau, die neben ihm saß, erwähnte das Laub, das sich rot zu färben begann, und seufzte dann ein paar hundert Meter weiter:

»Ein Irrsinn, wieviel teurer das Leben dieses Jahr wieder geworden ist...«

Er reagierte nicht. Dieser Satz erforderte auch keine Antwort, und er vermutete, daß die Fortsetzung nicht lange auf sich warten lassen würde.

»Gestern hab ich in der Avenue de Wagram vor einer Boutique gestanden, die nicht mal besonders teuer ist. Im Fenster haben sie ein gelbbraunes Herbstkostüm, sehr schlicht, sehr kleidsam, muß ich sagen, ein bißchen im Stil der Chanelkostüme. In dem Geschäft hab ich letztes Jahr das kleine grüne Wolkleid gekauft... Ich geh also rein und erkundige mich nach dem Preis... Jetzt rate mal...«

»Keine Ahnung...«

»Dreihundertneunundzwanzig Franc! Dreihundertneunundzwanzig Franc für ein simples Kostüm, wie's praktisch jede trägt...«

»Du hast es nicht gekauft?«

»Bist du verrückt? Wie stellst du dir denn das vor?«

»Ich finde, wenn es dir gefällt, war es nicht richtig von dir... Du solltest es dir gleich morgen holen...«

Etwas über dreihundert Franc! Was machte ein solcher Betrag jetzt für ihn aus, der mehr als anderthalb Millionen sein eigen nannte?

»Ich frage mich, was eigentlich in deinem Kopf vorgeht. Hast du auf einmal jeden Begriff für den Wert des Geldes verloren? Du vergißt wohl, daß ich die Kinder für den Winter völlig neu einkleiden muß! Sie sind ja schon wieder geradezu unglaublich gewachsen...«

Er empfand plötzlich Mitleid mit ihr, Mitleid mit ihnen allen. Jahrelang hatte er dahingelebt, ohne sich ihrer äußerst bescheidenen Verhältnisse bewußt zu sein. In seiner Kindheit hatte er natürlich sehr viele Dinge haben wollen, die für sie, vor allem nach dem Tod seines Vaters, unerschwinglich waren. Selbst die Eistüte blieb strikt auf Sonntage beschränkt außer an besonderen Festtagen konnte er sich nicht erinnern, eine während der Woche gegessen zu haben.

Er trug derbere, klobigere Schuhe als die meisten seiner Mitschüler, der besseren Haltbarkeit wegen, und er bekam nur einmal im Jahr einen neuen Anzug und jedes zweite

Jahr einen Mantel, auch wenn der alte bereits über den Schultern zu spannen anfing.

Zu Beginn seiner Ehe waren sie ziemlich in der Klemme, vor allem am Monatsende, und man hätte an den Fingern einer Hand abzählen können, wie oft sie sich ein Mittag- oder Abendessen bei Etienne geleistet hatten, einem durchaus bescheidenen Restaurant.

Er wollte davon lieber gar nichts sehen oder hören, war aber fast hundertprozentig sicher, daß seine Frau um den 25. oder 26. herum verschiedenlich etwas Geld bei ihren Eltern geliehen hatte, um »über die Runden zu kommen«.

Und die arme Dominique verkniff sich nach dreizehn Jahren immer noch ein kleines Kostüm, mit dem sie bestimmt lange im Schaufenster geliebäugelt hatte, ehe sie sich entschloß hineinzugehen. Noch vor dem Anprobieren dürfte sie sich nach dem Preis erkundigt und dann sicher beschämt geflüstert haben:

»Ich komme noch mal mit meinem Mann vorbei, damit er es sich ansieht...«

Das ging bis zu Josées Beichte von dem Pullover, den sie haben wollte, ohne ihn unbedingt zu brauchen, und ihrer Vorstellung, sie habe ihm damit noch mehr Sorgen aufgebürdet.

»Woran denkst du, Justin?«

»An gar nichts... Ich beobachte den Wagen vor uns und überlege, wann er den Lieferwagen endlich überholt...«

»Wie geht's Bob?«

»Glänzend, wie üblich.«

»Hat er eine neue Freundin?«

»Keine Ahnung. Seit deiner Rückkehr aus Venedig bin

ich nicht mehr mit ihm ausgegangen, das weißt du doch genau.«

»Du hättest sie ja auch sehen können, wenn ihr aus dem Büro kamt.«

»Glaubst du etwa, sie wartet auf der Straße auf ihn wie die Mütter vor der Schule?«

»Nein, im Lokal, wo ihr beide euren Aperitif trinkt...«

Das versetzte ihn prompt in Alarmbereitschaft.

»Was willst du damit sagen?«

Er versuchte, Zeit zu gewinnen, scharf nachzudenken.

»Tust du das nicht gelegentlich, bevor du nach Hause kommst?«

Sie hatte es natürlich an seiner Fahne gemerkt. Es stimmte ja auch, daß er jedesmal einen Aperitif trank, wenn er die *Tribune de Lausanne* las.

»Ja, aber nicht unbedingt mit Bob...«

Es durfte niemand sein, mit dem sie regelmäßig zusammentraf. Sie verbrachten mitunter einen Abend mit Bob, nicht häufig allerdings, aber einmal könnte vielleicht schon zuviel sein.

»Ein bißchen nehme ich's Ihnen schon übel, Bob, daß Sie meinen Mann verführen...«

Seitdem sie mit Calmar verheiratet war, duzte sie sich natürlich nicht mehr mit Jouve, sondern beide benutzten das förmliche »Sie«.

»Ich, Dominique?«

Immerhin redete er sie nach zwei oder auch drei Monaten des Zusammenlebens nicht mit Madame an.

»Ich spreche von eurem täglichen gemeinsamen Aperitif...«

Gefährlich! Alles wurde gefährlich, sogar sein Atem.

»Du vergißt, daß Challans in einem Büro eine Hausbar hat. Wenn er gut gelaunt ist, spendiert er den Kollegen auch gern mal ein Glas.«

»Dann muß er jetzt aber oft gute Laune haben... Er hat sich wohl besser im Urlaub erholt als du... Wo war er übrigens?«

»In Saint-Valéry-en-Caux. Er hat dort eine kleine Jacht und ist die meiste Zeit auf See.«

»Mit seiner Frau?«

»Das hat er mir nicht erzählt...«

»Darf ich vor dem Mittagessen noch ein bißchen reiten, Papa?«

»Ja, mein Schatz.«

Gleich würde er in einem der Zimmer über dem Speiseraum schlafen. Das war immerhin etwas.

2

Er durchlebte bange, quälende Wochen. Im Büro oder zu Hause bei Tisch spürte er manchmal plötzlich, daß seine Stirn sich mit Schweiß bedeckt hatte, daß seine Nerven zum Zerreißen angespannt waren, daß sich ein eiserner Ring um seine Brust legte, und in solchen Momenten wurde ihm jeder Blick unerträglich, der auf ihn gerichtet war.

Er redete sich allmählich ein, daß das Geld ihm gehörte, daß er es rechtmäßig verdient habe, daß es ungerecht und empörend sei, es nicht angreifen zu dürfen, um sich auch nur die kleinste Kleinigkeit zu kaufen, die er sich seit Jahren wünschte oder die er seiner Frau oder den Kindern schenken wollte.

Gelegentlich fragte er sich sogar, ob die Geldscheine überhaupt noch in dem Koffer waren.

Gewiß, der Schlüssel zu dem Schließfach befand sich ständig in seiner Tasche, und er schwebte dauernd in Angst, daß Dominique sich näher danach erkundigte.

Da ja nach einer bestimmten Frist ein Beamter die Schließfächer öffnete, um den Inhalt in der Gepäckaufbewahrung zu deponieren, existierte ein Zweitschlüssel oder ein Passepartout. Könnte nicht einer der Beamten, der Justin mehrmals in seinem Zuständigkeitsbereich bemerkt hatte, aus reiner Neugier sein Schließfach öffnen und…

Das war kaum anzunehmen. Es war sogar höchst unwahrscheinlich, aber seit Lausanne hatte er sich angewöhnt, alles durchzudenken, auch die ausgefallensten Möglichkeiten.

Dabei ging es ihm nicht um das Vermögen, das er haben wollte. Keinen Augenblick war ihm in den Sinn gekommen, irgend etwas an seinem Leben zu ändern, seine Stellung bei Monsieur Baudelin aufzugeben, eine andere Wohnung zu beziehen, sich an der Côte d'Azur zu sonnen oder ein Haus auf dem Land zu erwerben.

Er hatte sich an einen bestimmten Rahmen, eine gewisse Routine gewöhnt, ohne die er sich verloren vorgekommen wäre.

Er brannte jedoch darauf, sich kleine Träume und Wünsche zu erfüllen, die er seit seiner Kindheit mit sich herumtrug. Sich zum Beispiel eines der Taschenmesser zu kaufen, wie er sie als Junge beim alten Cachat, dem Waffenhändler in Gien, bewundert hatte. Oder von Zeit zu Zeit seinen Kindern und seiner Frau Geschenke mitzubringen.

Wenn sie am Sonntag nicht nach Poissy fuhren, machten sie nachmittags einen Schaufensterbummel, ließen sich mit der Menge langsam über die Champs-Elysées, die Avenue Matignon und den Faubourg Saint-Honoré treiben.

»Sieh mal, Papa…«

Obwohl es sich nur um irgendeinen Krimskrams für ein paar Francs handelte, zog die Mutter Josée an der Hand weiter.

»Was willst du denn damit? Wenn wir alles kaufen sollten, was du haben möchtest …«

Aber blieb nicht Dominique selber bewundernd vor einer Handtasche, einem Schal bei Hermès oder anderswo stehen?

Gerade diese kleinen Dinge hätten ihnen die größte Freude gemacht. Und wie glücklich wäre er, sie ihnen kaufen zu können. Ohne lange Diskussionen. Ohne Zögern, wie es jedesmal der Fall war, wenn über eine Neuerwerbung entschieden werden mußte. Einfach die Ladentür aufstoßen, auf den gewünschten Gegenstand zeigen, ohne erst nach dem Preis zu fragen …

Immer häufiger dachte er an die Diebe von Boston, die er letztlich bewunderte und die es seiner Meinung nach nicht verdienten, daß sie für mindestens fünfzehn Jahre eingesperrt wurden, ohne einen einzigen Geldschein angerührt, ohne sich den kleinsten Wunsch erfüllt zu haben, und ohne die Hoffnung, es eines Tages nachholen zu können.

Und der arme Kerl, der Komplize, der schwach geworden war und eine Woche vor Ablauf der Verjährungsfrist alle Vorsicht über Bord geworfen hatte …

Im Oktober blieb auch er nicht mehr ganz standhaft. Er war zum zweiten- oder drittenmal auf der Gare Saint-Lazare, ging mit dem Aktenkoffer in die Toiletten und öffnete ihn, vorgeblich, um sich zu vergewissern, daß sein Vermögen nicht gegen alte Zeitungen ausgetauscht worden war.

Die Geldbündel lagen ordentlich an ihrem Platz. Er ersann eine neue Ausrede, um eine Fünfzigpfundnote herauszuziehen, denn inzwischen empfand er das zwanghafte Bedürfnis, auch sich selbst gegenüber Entschuldigungen zu erdenken.

Die amerikanischen Geldscheine waren echt, zumindest die eine, die er in der Bank am Boulevard des Italiens eingewechselt hatte, als Probe aufs Exempel. Aber das englische Geld?

Er ging in eine andere Bank. Der Kassierer vollführte in etwa das gleiche Ritual wie der andere und schob ihm schließlich, ohne ihn anzusehen, französische Geldscheine hin.

Er wußte nicht, wo er sie hinstecken, was er damit machen sollte. Er beschränkte sich darauf, eine jener Bars in der Rue Marbeuf aufzusuchen, die er noch nie betreten hatte, und dort auf einem hohen Hocker allein eine halbe Flasche vom besten Champagner zu trinken.

Von Genuß konnte dabei keine Rede sein. Er behielt noch Geld übrig, auch nachdem er einen Hundertfrancschein in die Mütze eines Blinden geworfen hatte, der sich fraglos später sehr gewundert haben dürfte.

Es mußte unbedingt eine Lösung gefunden werden. Das war lebenswichtig. Er besaß genügend Urteilsfähigkeit, um sich darüber im klaren zu sein, daß er moralisch und nervlich abbaute, daß er immer häufiger in Panik geriet und daß dies allmählich auffiel.

Fast eine Woche lang dachte er an die Staatslotterie, erwog das Für und Wider, bemühte sich, alle Hindernisse, alle Gefahren in Betracht zu ziehen. Dann, Anfang November, glaubte er schließlich den richtigen Weg gefunden zu haben.

Er ließ sich noch fast zwei Wochen Zeit. Eines Montag abends kam er mit Paketen beladen nach Hause und strahlte bewußt über das ganze Gesicht, obwohl ihn die Angst gepackt hielt.

»Was ist denn mit dir los, Justin? Spielst du hier den Weihnachtsmann?«

»Immer mit der Ruhe, Kinder...«

»Was ist das, Papa?«

Zuerst kam ein Auto für Bib, das sich durch eine Schaltautomatik fernsteuern ließ.

»Ist das wirklich für mich?«

Dominique beobachtete ihn mißtrauisch, besorgt.

»Und für mich, Papa?«

Eine Schulmappe, um die Josée seit zwei Jahren bettelte, denn sie schleppte immer noch dieselbe unverwüstliche Tasche, die sie schon als Abc-Schütze gehabt hatte und die inzwischen reichlich abgeschabt und zerbeult aussah.

Für Dominique einen Clip, den sie einmal sonntags in einem Schaufenster auf den Champs-Elysées intensiv betrachtet hatte.

»Der würde gut zu meinem blauen Kostüm passen, meinst du nicht auch?« hatte sie damals geäußert.

Für ihn schließlich das berühmte Taschenmesser mit sechs verschiedenen Klingen, einem Schraubenzieher, einem Korkenzieher, einer richtigen kleinen Säge. Es war aus Hirschhorn, genau wie das Taschenmesser, das er als Kind im Schaufenster des Waffenhändlers so bewundert hatte.

»Das wär's, Kinder! Und nun müßt ihr euch bei den Pferden bedanken...«

»Bei den Pferden?« wiederholte Dominique, die sich gar nicht zu freuen wagte.

»Ganz einfach. Am Samstag morgen hat mir ein Kunde im Büro erzählt, er hätte einen sicheren Tip für die Dreierwette. Sein Schwager ist in Maisons-Laffitte Jockey oder Trainer, genau weiß ich das nicht. Er hat mich gefragt, ob ich fünf Franc riskieren will, und die hab ich ihm dann gegeben, damit er sie für mich setzt.

Ich verstehe ja nichts von Rennen. Ich kannte nicht mal die Namen von den Pferden, auf die er setzen wollte... Ich war wie vom Donner gerührt, als er heute nachmittag ankommt und mir über sechshundert Franc gibt, die wir ›in beliebiger Reihenfolge‹ gewonnen hätten... Soweit ich's begriffen habe, hätten wir mit denselben Pferden ›in der richtigen Reihenfolge‹ mehr als zwölftausend Franc kassiert...«

Dominique entspannte sich ein wenig, blieb jedoch nachdenklich.

»Ich hab mir sagen lassen, wer zum erstenmal wettet, gewinnt fast immer...«

Josée stopfte bereits ihre Bücher und Hefte in die neue Schulmappe, während Bib die Schaltautomatik für sein Auto ausprobierte.

»Es fährt dauernd rückwärts, Papa...«

»Wart, ich zeig dir's...«

Das beanspruchte mehrere Minuten.

»Ich hoffe nur, Justin, du kommst nicht auf den Geschmack... Sieh mal, als Kind hab ich ständig von Rennen reden hören...«

Er kannte die Geschichte, die zur Familientradition der

Lavauds gehörte. Der Großvater besaß ein erstklassiges Restaurant in der Rue des Petits-Champs, in dem seinerzeit bekannte Journalisten, Schriftsteller und die oberen Zehntausend verkehrten. Jahrelang war das Lokal in Mode gewesen, und manche Finanzleute pflegten dort auf dem Weg von der Börse nach Longchamp in Cut und grauem Zylinder zu Mittag zu speisen.

»Anfangs hat er gelegentlich kleine Beträge gesetzt, wenn er einen Tip bekam... Dann wollte er die Pferde selber sehen und hat den Laden fast jeden Nachmittag dem Küchenchef überlassen...

Zuerst scheint er groß gewonnen zu haben... Es ist sogar die Rede davon gewesen, das Restaurant gründlich zu renovieren, was ihm den ganzen Charme genommen hätte...

Na ja, zunächst ging das Geld flöten... Und drei Jahre später war mein Großvater nur noch Maître d'hôtel in seinem eigenen Betrieb, den einer seiner Angestellten übernommen hatte...

Unter normalen Umständen hätte ja Papa das Geschäft erben müssen, und dann wäre er auch nicht gezwungen gewesen, mit vierzehn Jahren bei Wepler als Page anzufangen...«

Mit krampfhaftem Lächeln versuchte er zu witzeln:

»Dann hätte er aber deine Mutter nicht kennengelernt...«

Seine Schwiegermutter war nämlich im selben Lokal als Garderobenfrau beschäftigt gewesen.

»Mit meinem Großvater ist es zum Schluß immer mehr bergab gegangen. Jede Woche hat er bei seinen Kindern die

Runde gemacht, um ihnen ein paar Francs abzuknöpfen… Und gestorben ist er auf der Rennbahn, in Saint-Cloud. Angeblich an einem Herzschlag, aber ich glaube bestimmt, es war Unterernährung…«

Behutsames, geschicktes Vorgehen war jetzt geboten. Vor allem mußte er beim nächstenmal etwas finden, das Dominique sich inständig wünschte. Er zermarterte sich das Hirn, versuchte, sich an all die harmlosen, beiläufigen Bemerkungen zu erinnern, an die Auslagen, vor denen sie begeistert stehengeblieben war.

Er wartete zwei Wochen. Am Montag sagte er kein Wort, war aber darauf bedacht, aufgekratzt zu erscheinen.

»Hast du wieder gewettet, Justin?«

»Pst!« murmelte er nur geheimnisvoll mit einem Blick auf die Kinder.

Und dann später, im Bett:

»Das war neulich verkehrt von mir, daß ich vor ihnen erzählt habe, wie ich zu dem Geld gekommen bin. Ich halte zwar den Totalisator nicht unbedingt für unmoralisch, aber es ist wirklich besser, von derart leicht verdienten Beträgen nicht in ihrer Gegenwart zu sprechen.«

»Hast du gewonnen?«

»Ein bißchen was?«

»Wieviel?«

»Es reicht, um dich morgen mit etwas Hübschem zu überraschen…«

So baute er sich allmählich ein Laster auf, ein Alibi-Laster, wie er es nannte.

»Ich glaube, ich hätte lieber keine Überraschung.«

»Jetzt hör mal zu, Dominique. Fändest du es normal,

Geld, das vor deiner Nase liegt, für das du niemandem Dank schuldest, das durchaus legal ist, einfach nicht zu beachten, statt es zu nehmen?«

»Ich hab dir oft genug gesagt, was ich von Pferderennen halte…«

»Kaufst du denn nie Zehntellose der Staatslotterie?«

Damit lieferte er ein gutes Argument, denn Dominique kaufte fast jede Woche bei ihren Besorgungen auch ein Zehntellos und verfolgte dann, den Schein in der Hand, die Ziehung im Fernsehen, sooft sie Gelegenheit dazu hatte.

»Ich hab noch nie was gewonnen.«

»Doch. Tausend alte Franc, vor etlichen Jahren…«

»Nachdem ich die ganze Zeit vorher für mehr als tausend alte Francs Lose gekauft hatte…«

»Und wenn du nun die hundert Millionen gewonnen hättest?«

»So was passiert einem doch nur im Traum..«

»Trotzdem passiert das jede Woche irgendwem, von den anderen Gewinnen gar nicht zu reden.«

Sie argumentierte genau so, wie er es vor der Venedig-Reise getan hätte.

Sein Geschenk bestand diesmal in einer Geschirrspülmaschine, und sie weinte unwillkürlich vor Freude.

»Ich wußte, daß du dir eine gewünscht hast. Jetzt verrate ich dir mal was. Fast jeden Abend kommst du zu spät zu den Acht-Uhr-Nachrichten im Fernsehen wegen des dummen Geschirrs. In Zukunft wirst du mir Gesellschaft leisten…«

Denn sie brachten die Kinder kurz vor acht zu Bett – das war Justins Arbeit, wenn man es so nennen konnte –, um dann den größten Teil des Abends vor dem Bildschirm zu sitzen.

»Lieb, daß du daran gedacht hast... Aber du machst das doch nicht weiter, oder? Wieviel hast du gesetzt?«

»Fünf Franc, wie immer.«

»Und vergangene Woche – hast du da nicht gewettet?«

»Doch, fünf Franc, und die hab ich verloren. Trotzdem bleibt mir für die drei Wochen ein Gewinn von etwas über dreizehnhundert Franc.«

»Wissen deine Kollegen davon?«

»Mein Kunde möchte nicht, daß ich mit ihnen darüber rede, denn wenn sich das rumspricht, könnte das unsere Quoten drücken.«

»Wer ist es denn?«

»Ich hab dir noch nie von ihm erzählt. Ein gewisser Leferre...«

»Wie schreibt er sich? Mit einem r am Schluß?«

»Nein, mit zwei r und einem e.«

Er hatte von einer Sekunde zur anderen einen Namen für eine Phantasiegestalt erfinden müssen, die nun allmählich zum Leben erwachte.

»Was macht er beruflich?«

»Er ist Einkäufer für die Sportabteilung in einem großen Pariser Warenhaus... Das sind wichtige Leute... Wenn bei denen ein Artikel einschlägt, heißt das, daß er in ganz Frankreich ein Renner wird...«

»Wieso verhandelst du mit ihm und nicht Challans? Ich dachte immer, du bist nur für die Auslandsabteilung zuständig?«

Wieder improvisieren, voll panischer Angst, einen

Schnitzer zu machen, einen falschen Satz oder ein falsches Wort zu sagen und dadurch weitere Fragen zu provozieren, die er unmöglich beantworten konnte, ohne sich völlig in seinem Märchen zu verstricken.

»Als er zum erstenmal in die Avenue de Neuilly kam, suchte er Neuheiten für ein englisches Warenhaus, das er ebenfalls vertritt. Da hat man ihn selbstverständlich zu mir geschickt. Und nachher hat er sich weiterhin an mich gewandt. Challans war natürlich sauer...«

»Hast du ihn dir zum Feind gemacht?«

»Erstaunlicherweise nein. Es hat sich eingerenkt. Von Zeit zu Zeit bringe ich ihn...«

»Leferre oder Challans?«

»Leferre natürlich. Wenn du mich dauernd unterbrichst, komm ich damit nie zu Ende... Ich sagte also, daß ich Leferre von Zeit zu Zeit in Challans' eindrucksvolleres Büro bringe... Und dieser aufgeblasene Trottel ist dann immer ganz glücklich, seine Hausbar vorzuführen, einen Aperitif anzubieten, Leferre wie seinen eigenen Kunden zu behandeln, das heißt, er tut so, als wäre ich nur ein Lückenbüßer, der ihm gelegentlich ein paar Dinge abnimmt...«

Eine vertrackte Geschichte, ohne Frage. Er war sich durchaus klar, daß ihm immer größere Komplikationen bevorstanden, daß er auf der Hut bleiben und bei jedem Schritt, vor allem aber bei jedem Wort äußerste Vorsicht walten lassen mußte.

Das drückte auf seine Stimmung. Seine ersten Einkäufe hatten ihn beschwingt, fast so, als habe er endlich Gott weiß welchen Bann gebrochen, in dem er sich seit langem gefangen gefühlt hatte.

Er konnte jetzt kleine Beträge in der Tasche haben, über die er keine Rechenschaft ablegen mußte. Leferre war immer als Erklärung zur Hand, wenn Justin an manchen Tagen eine Fahne hatte.

Denn nun trank er regelmäßig morgens und abends einen Aperitif.

Da er unbemerkt kein Café in Büronähe aufsuchen und ebensowenig auf den Champs-Elysées oder irgendwo sonst in der Kurzparkzone den Wagen abstellen konnte, hatte er sich verschiedene Varianten für den Hin- und Rückweg einfallen lassen, die es ihm ermöglichten, sein Auto für ein paar Minuten in wenig befahrenen Straßen zu parken.

Er ging in eine Kneipe, bestellte seinen Aperitif, den er schnell hinunterkippte, wobei er den Wirt oder den Kellner häufig durch ein Zeichen zum Nachfüllen aufforderte.

Das löste in ihm eine neue hektische Betriebsamkeit aus, sensibilisierte ihn für drohende Gefahr, für die mögliche Katastrophe – ein Zustand, den er im Lycée Carnot kennengelernt hatte, als er jeweils zu Beginn einer Unterrichtsstunde nach Mimoune Ausschau hielt und sich fragte, was für eine Auseinandersetzung ihm diesmal wohl bevorstehen mochte.

Er wechselte die Kneipe fast täglich. Sein Gesicht durfte in keinem dieser Lokale so bekannt werden, daß er als Stammgast galt.

Eines Samstag abends schlug er ostentativ im Sportteil der Zeitung die Seite mit den Rennberichten auf, und als der Reporter im Fernsehen von den Dreierwetten für den Sonntag sprach, zog er den Bleistift aus der Tasche und machte sich Notizen am Rand.

»Was tust du denn da, Justin?«

Er baute vor. Logischerweise konnte Leferre nicht allwöchentlich in der Avenue de Neuilly aufkreuzen. Justin wiederum konnte nicht so vertraut mit ihm geworden sein, daß er ihn telefonisch um Tips bat.

Zweifelsohne brauchte er keine bedeutenden Beträge. Dennoch verspürte er das Verlangen, Geld in der Tasche zu haben, Gratisgeld, wie er es bei sich nannte.

Das half ihm, sogar seinen Kollegen gegenüber. Wenn beispielsweise Challans Männchen machte wie ein Köter in einer Hundeausstellung, durfte er sich sagen:

»Setz dich nur weiter in Szene, Freundchen! Ich weiß, du hast den Titel Generaldirektor, dein Büro ist pompöser als meins, du kannst unter jedem beliebigen Vorwand während der Arbeitszeit weggehen, du hast dir eine moderne Eigentumswohnung gekauft in einem Neubaukomplex in La Celle-Saint-Cloud, wo den Mietern ein Schwimmbad und vier Tennisplätze zur Verfügung stehen... Du verdienst doppelt soviel wie ich, und dein Sohn hat letztes Jahr mit dem Politologiestudium angefangen...

Trotzdem hast du größte Schwierigkeiten, über die Runden zu kommen... Ich bin sicher, du hast Schulden, und dein berühmter Schneider kriegt sein Geld nicht pünktlich...

Ich dagegen bin reich... Ich kann mir jederzeit draußen Havannas kaufen, auch wenn ich nur einen Zug machen will und sie dann mit dem Absatz austrete...

Geld hab ich so viel, wie ich nur will... In solchen Mengen, daß ich nicht weiß, was ich damit anfangen soll, und mir mühsam überlegen muß, wie ich es ausgeben kann... Ich bin reich, kapiert?«

Wäre er nicht abergläubisch gewesen, hätte er hinzugefügt:

»Ich schwimme im Geld!«

Seine Frau seufzte und fragte dann leise:

»Hast du Leferre nicht gesehen?«

»Nach den Bestellungen, die er aufgegeben hat, wird er jetzt ein paar Wochen nicht bei uns aufkreuzen.«

»Und du willst trotzdem wetten?«

»Morgen früh fünf Franc, wie gehabt.«

»Setzt du auf die Pferde, die sie im Fernsehen als Favoriten genannt haben?«

»Nein. Ich mache mir Notizen. Ich lese die Zeitungen. Morgen folge ich dann meiner Eingebung.«

»Fahren wir denn nicht nach Poissy?«

»Findest du das nicht allmählich etwas eintönig? Im Sommer habe ich ja nichts dagegen. Bei schönem Wetter können die Kinder draußen spielen. Aber im November um einen Tisch rumzusitzen und auf Gäste zu warten...«

»Du machst mir Sorgen, Justin... Ich weiß nicht, was mit dir los ist, aber seit wir aus dem Urlaub zurück sind, bist du nicht mehr der alte... Anfangs hab ich mich gefragt, ob du womöglich krank bist und es vor mir zu verheimlichen versuchst.«

»Ich wette, du hast mit Dr. Bosson telefoniert.«

»Ja. Er hat mir ein paar Fragen gestellt – nach deinem Appetit, wie du schläfst und so. Und dann hat er gesagt, wenn das so weiterginge, würde er mal vorbeischauen... Bist du wirklich nicht krank?«

»Ganz im Gegenteil. Ich hab mich noch nie im Leben so wohl gefühlt.«

Gegen seine Fahne hatte er ein Mittel gefunden. Er kaufte sich Chlorophylldragees, die man nur zu lutschen brauchte, um den Alkoholgeruch restlos zu beseitigen. Nur konnte er sie nicht bei sich tragen, wenn er nach Hause kam, denn zuweilen leerte seine Frau beim Ausbürsten seines Anzugs auch die Taschen aus.

Anfangs kaufte er ganz naiv jeden Tag eine Packung, immer in einer anderen Apotheke, und warf den Rest weg.

Dann war er auf eine ganz simple Lösung verfallen. Solche schlichten, einfältigen Lösungen kamen ihm jetzt oft gar nicht in den Sinn oder er mißtraute ihnen: Er bewahrte die Packung in seiner Schreibtischschublade im Büro auf.

Sollte sich jemand darüber wundern, so könnte er ja ungeniert antworten, er habe Sodbrennen, und da tue ihm Chlorophyll gut.

»Ich habe nur eine Bitte, Justin, sprich vor den Kindern nicht von Pferden...«

»Selbstverständlich! Übrigens werde ich das Geld morgen früh in einem Lokal in der Gegend einzahlen und sagen, ich hätte noch was zu erledigen.«

»Josée wird enttäuscht sein...«

»Aber ich kann sie doch nicht in ein Wettbüro mitnehmen...«

»Ganz darauf verzichten könntest du wohl nicht?«

»Bist du dir eigentlich klar darüber, mein Schatz, daß ich mir wenig Abwechslung gönne? Wär dir ein Mann lieber, der hinter den Frauen her ist oder der jeden Abend mit seinen Freunden im Café Billard oder Bridge spielt? Ich arbeite den ganzen Tag... Mein Feierabendvergnügen ist dann das Zusammensein mit dir und den Kindern... Meinst du nicht, du könntest es mir durchgehen lassen, wenn ich mir ein kleines Laster zulege, ein unschuldiges Laster?«

»Das versteh ich nicht.«

»Was?«

»Daß du plötzlich Spaß am Wetten hast...«

»Weil ich gewinne...«

»Und wenn du verlierst?«

»Dann verliere ich fünf Franc in der Woche. Dafür krieg ich noch nicht mal zwei Päckchen Zigaretten.«

»Du hast ja recht... Ich weiß schon... Ich hab dich nur für stärker gehalten...«

Er hatte es geschafft: Er war zum Schwächling geworden!

Bob saß auf der Schreibtischkante, eine Zigarette im Mundwinkel, die Hemdsärmel hochgekrempelt. Als Künstler des Hauses zog er gleich morgens das Jackett aus; im Sommer trug er Polo- und im Winter Wollhemden mit aufgesetzten Taschen.

»Allmählich machst du mir ernstlich Kummer, Alter... Du wirst mir vermutlich sagen, ich mische mich da in etwas ein, was mich nichts angeht, aber du weißt doch genau, wie gern ich euch beide mag...«

»Uns beide?«

»Dominique und dich, wenn du das lieber hörst. Sie weiß noch nichts?«

Das jagte ihm einen heftigen Schrecken ein.

»Was willst du damit sagen?«

»Hör mal, du Idiot! Sie ist nicht naiver als ich, und ich bin schon seit einer ganzen Weile dahintergekommen. Wer ist es?«

Er begriff wirklich nicht.

»Ich kann dir genau sagen, wann das angefangen hat, und mir hätte gleich schwanen müssen, was sich da abspielt. Aber das traut man dir so gar nicht zu, daß ich an alles gedacht hab, nur daran nicht... Du mußt sie in der Woche kennengelernt haben, in der du allein in Paris warst und deine Frau mit den Kindern noch in Venedig war...

Es sei denn, du hast ihre Bekanntschaft schon im Zug gemacht, das hat auch viel für sich... Stimmt's? Hast du sie tatsächlich im Zug kennengelernt? Und bist du ihretwegen seit deiner Rückkehr so komisch?«

Calmar schwieg und bemühte sich, in Gedanken schnell das Für und Wider abzuwägen.

»Gibst du's zu?«

»Ich habe nichts zuzugeben.«

»Aber du leugnest auch nicht?«

»Ich habe nichts dazu zu sagen...«

»Wenn du meinen Rat hören willst – das alles ist ein bißchen zu auffällig. Punkt eins: Früher bist du nie als erster nach Hause gegangen, ganz im Gegenteil, und jetzt saust du weg, ohne dich von den Kollegen zu verabschieden, und oft haust du mit irgend 'ner Ausrede noch vor Büroschluß ab.

Nachmittags genau das gleiche. Früher hast du öfter

noch 'ne Weile mit mir auf der Straße gequatscht und dich erkundigt, ob ich meinen Wagen dabeihabe... Was sagst du?«

»Nichts. Ich höre zu.«

»Punkt zwei: Deine Krawatten sind anders geworden... Außerdem trinkst du jetzt regelmäßig deinen Aperitif... Na klar! Leugnen ist zwecklos... Nicht nur deine Fahne verrät dich... Ein unverbesserlicher Säufer wie ich läßt sich nichts vormachen, der erkennt sofort, wenn sich einer gerade zwei oder drei Gläser genehmigt hat...«

»Drei Gläser trinke ich nie...«

»Na schön, nehmen wir also an, daß zwei bei dir die gleiche Wirkung haben... Und dann lutschst du Chlorophyllbonbons, damit deine Frau nichts merkt...«

»Hast du in meinen Schubladen rumgewühlt?«

»Das hab ich gar nicht nötig gehabt. Ich hab gesehen, wie du dir eins in den Mund gesteckt hast, und den Geruch erkannt... Letzter Punkt: dein kariertes Sakko.«

Justin mußte lächeln. Dieses karierte Sakko aus echtem schottischem Tweed war das schönste Geschenk, das er sich endlich hatte machen können. Seit vielen Jahren, schon als Teenager, war etwas in der Art sein Wunschtraum. Als Lehrer hatte er sich auf leidlich neutrale Anzüge beschränken müssen. Auch hier war es ihm unerläßlich erschienen, sich wie die meisten anderen, Bob ausgenommen, in Grau oder Marineblau zu kleiden.

Als er mit dem Sakko nach Hause gekommen war, hatte Dominique aufgeschrien:

»Damit wirst du doch nicht etwa ins Büro gehen?«

»Warum denn nicht?«

»In einem solchen Aufzug kann man keine Kunden empfangen.«

»Ich empfange ja auch keine Kunden...«

»Und wie steht's mit Leferre? Und mit den anderen, von denen du mir erzählt hast?«

»Das ist was ganz anderes. Die kommen, um sich von mir beraten zu lassen. Sie erwarten nicht, daß ich wie ein Bankkassierer oder wie ein Empfangschef im Grandhotel angezogen bin. Ach ja, weil du gerade von Leferre sprichst, der trägt auch immer Tweed...«

Der Stoff war weich und rauh zugleich. Mit einer dunkelgrauen Hose entsprach es genau dem, was amerikanische Filmschauspieler tragen, wenn sie einen Mann zu verkörpern haben, der sich nichts vormachen läßt, einen Mann, der frei und unabhängig, mutig und ruhig, überlegen und selbstsicher ist.

»Wer ist es? Eins von den Mädchen hier? Madeleine?«

Er schüttelte den Kopf.

»Olga?«

»Nein.«

»Ist es jemand aus dem Haus?«

»Ich habe nichts dazu zu sagen...«

»Warte mal! Es ist doch nicht etwa das arme Kind, die Valérie, die immer gleich losstürzt, sobald du nach einer Schreibkraft klingelst...«

»Nein, es ist nicht Mademoiselle Denave.«

»Ich bin mir nicht so sicher, wie du gern wirken möchtest... Alter Freund, paß bloß auf. Dominique liebt dich abgöttisch. Sie ist ein feiner Kerl und vertraut dir. Wenn sie eines Tages dahinterkommt, daß du ein Verhältnis hast...«

War es nicht ein ziemlich starkes Stück, daß Bob ihm die Leviten las, und das ausgerechnet im Namen von Dominique, die vor ihrer Ehe mit Calmar seine Geliebte gewesen war?

»Keine Bange, ich bin alt genug, um zu wissen, was ich zu tun habe.«

»Du bist nämlich genau der Typ, der sich in die Nesseln setzt. Ich hab da Erfahrung. Die Frauen wissen bei mir von vornherein, daß daraus nichts Ernstes wird, daß die Sache nur ein paar Wochen dauert und daß jeder Versuch, sich an mich zu klammern, zwecklos ist.

Aber du bist sentimental, und wenn du an irgendso ein raffiniertes Luder gerätst, garantiere ich für gar nichts ...«

»Darum hat dich ja auch niemand gebeten, oder?«

»Wie du willst. Ich hab dich jedenfalls gewarnt ...«

Bob zog ab, und Calmar rieb sich insgeheim die Hände, so sehr entzückte ihn diese Geschichte.

Zu Hause hatte er das Alibi mit dem Pferdetoto: ein solider, anständiger Mensch, den plötzlich die Wettleidenschaft packt und der sich nicht mehr davon freimachen kann.

Im Büro würde er für alle anderen zu dem werden, was er für Bob bereits war: ein Ehemann und Familienvater, der verschämt ein Verhältnis zu verheimlichen trachtet.

So mochte man ihn weiterhin belauern. Die eine wie die andere Seite würde seine Ticks, seine plötzlichen Stimmungswechsel dem vermeintlichen heimlichen Laster zuschreiben.

Ohne große Hoffnung, nur weil er sich gewissenhaft an die Verhaltensregeln hielt, die er sich aufgestellt hatte, kaufte er täglich die *Tribune* an einem der vier bis fünf Kioske, die sie seines Wissens führten. Am folgenden Tag las er zu seiner Überraschung auf der fünften Seite:

Verhaftung im Maniküren-Mordfall

Wie unseren Lesern vielleicht erinnerlich, wurde am 20. August dieses Jahres eine junge aus Zürich stammende und jetzt hier ansässige Maniküre erdrosselt in ihrer Wohnung in der Rue du Bugnon aufgefunden. Die Ermittlungen ergaben, daß der Mord vermutlich am Nachmittag des Vortages begangen wurde.

Heute erfahren wir, daß die Sicherheitspolizei seit drei Tagen einen holländischen Staatsangehörigen in Gewahrsam hält und ihn in dieser Angelegenheit verhört. Letzten Informationen zufolge soll Untersuchungsrichter La Pallud strenge Isolierung verfügt haben.

Ausgerechnet in dem Augenblick, in dem er sich zu entspannen und in Ruhe seines Geldes zu freuen begann!

Wer war dieser holländische Staatsangehörige, und wies die Tatsache, daß er Holländer war, nicht auf eine internationale Organisation hin?

Der Mann im Zug aus Venedig mit dem südosteuropäischen Akzent kam an jenem Sonntag aus Belgrad oder Triest. Arlette Staub hatte, wenn man der *Tribune* vom August Glauben schenken konnte, als Maniküre in Hotels mit internationalen Stammgästen gearbeitet.

»Und ich bin Franzose!« hätte er fast fröhlich hinzufügen mögen.

»Und jetzt, Mesdames et Messieurs, folgen einige Sportnachrichten... Bei den Radrennen...«

Er hörte nicht zu. Er dachte an den Holländer und ob er wohl den Aktenkoffer und dessen Inhalt erwähnte. So ließe sich selbst nach Monaten noch ein Mann in eierschalenfarbenem Anzug mit einem Aktenkoffer aufspüren, welcher sich von einem Taxi in die Rue du Bugnon hatte fahren lassen und wenige Minuten später in den Bahnhof gestürzt war, um zwei Whiskys hintereinander hinunterzukippen.

»Am kommenden Sonntag, dem ersten Sonntag im Dezember, findet in Maisons-Laffitte das letzte große Pferderennen der Saison statt... Unsere Tips bringen wir wie üblich am Samstag, doch schon jetzt sprechen viele Anzeichen für die Stute Belle-de-Mai, die Zweitplazierte beim Preis von...«

Er hatte richtig verstanden: das letzte Pferderennen der Saison. Hieß das, daß es auf kürzere oder längere Frist keine Dreierwetten mehr gab?

Eine weitere schlechte Nachricht, denn er hatte sich in seine neue Routine hineingefunden. Am Samstag abend machte er während des Films oder des Fernsehspiels auf der Rennsportseite der Zeitung gewissenhaft seine Notizen, und am Sonntag morgen ging er allein fort, und zwar fast immer zu Fuß.

»In welcher Annahmestelle schließt du deine Wetten ab?« hatte ihn Dominique gefragt.

»Jeden Sonntag in einer anderen. Deshalb fahre ich auch manchmal mit dem Wagen und manchmal nicht. Wenn ich immer in das gleiche Wettbüro ginge, wäre bald allgemein bekannt, daß ich eine glückliche Hand dabei habe, und andere würden auf dieselben Pferde setzen. Außerdem sollte besser niemand wissen, daß ich das ganze Geld gewinne, schon des Finanzamtes wegen.«

»Meinst du, daß man Spielgewinne angeben muß?«

»Keine Ahnung. Ich will mich unauffällig umhören.«

Schon wieder eine Panne. Denn Dominique war korrekt genug, um ihn im Fall einer gesetzlichen Vorschrift dazu zu zwingen, daß er diese Beträge angab.

Da es sich um das letzte Pferderennen handelte, mußte er einen entscheidenden Schlag führen, um sich einen Vorschuß zu verschaffen. Nach seiner Rückkehr waren sie an diesem Sonntag nach Poissy gefahren, was sie seit Wochen nicht mehr getan hatten. Nach Tisch döste er wie gewöhnlich in einem der Zimmer vor sich hin, als Dominique hereinplatzte.

»Hör mal, Justin, kannst du mir sagen, auf welche Pferde du gesetzt hast?«

Er quälte sich ein Lächeln ab.

»Nie und nimmer, mein Schatz. Das darf man keinen fragen, der auf Pferde wettet. Es würde mir bestimmt Unglück bringen. Jedenfalls hätte ich dieses Gefühl und könnte mir die Pferde nicht mehr so frei und rein intuitiv aussuchen...«

»Belle-de-Mai?«

»Ja, das ist der Favorit...«

»Germinal?«

»Wer hat dir was von Germinal erzählt? Ich dachte immer, du liest nie den Rennsportteil?«

»Das tu ich auch nicht, aber im Radio war eben von Germinal die Rede. Hast du darauf gesetzt?«

»Kann schon sein.«

»Und Palsembleu? Los, sag schnell...«

»Ich wiederhole: Kann schon sein.«

»Wenn du auf diese drei Pferde gesetzt hast, in eben dieser Reihenfolge, dann hast du ein irres Geld gewonnen... Die Quote liegt bei zweitausendsiebenhundert und etwas für einen Franc...«

»Das ist nichts Sensationelles.«

»Schnell, sieh nach...«

»Überflüssig. Ich habe auf sie gesetzt.«

»Schau trotzdem noch mal nach, Justin...«

Sie war hektischer als er. Ein Glück, daß er immer Scheine für die Dreierwette in der Tasche hatte und daß seine Frau sich mit dem Perforierungssystem nicht auskannte, durch das die Wetten markiert wurden.

»Hier haben wir's! Belle-de-Mai, Palsembleu, Germinal, Lousteau und Gargamelle...«

»Das sind doch fünf... Und du hast Palsembleu an zweiter Stelle genannt...«

»Aus Versehen... Ich schwöre dir, daß ich in der richtigen Reihenfolge gewettet habe. Und daß ich insgesamt auf fünf Pferde gesetzt habe, spielt dabei keine Rolle.«

»Wieviel hast du gesetzt?«

»Zehn Franc...«

»Ich dachte, du setzt jedesmal nur fünf Franc?«

»Heute waren's eben zehn...«

»Das heißt, du hast über zwanzigtausend Franc gewonnen?«

»Genau... Jetzt hör mal zu, mein Schatz, weißt du, was du tun wirst, sobald ich das Geld kassiert habe?«

»Ich bin ganz närrisch vor Freude und hab gleichzeitig Gewissensbisse. Mir wär's tausendmal lieber, wenn wir auf andere Weise zu dem Geld gekommen wären! Ich kann einfach den Gedanken an meinen Großvater nicht loswerden. Mich wundert nur, daß du so ruhig bleibst...«

»Vielleicht weil ich kein richtiger Spieler bin und deshalb auch keine Gefahr besteht, daß es mit mir ein schlimmes Ende nimmt, wie du offenbar befürchtest. Also morgen oder übermorgen gehst du dir einen schönen Pelzmantel kaufen...«

»Bist du übergeschnappt?«

»Ich hab ja nicht von einem Nerz gesprochen...«

Und mit einem krampfhaften Lachen fügte er hinzu:

»Auch nicht von einem Chinchilla... Ich weiß ja nicht, was du gern hättest... Einmal hast du mir von einem Leopardenmantel erzählt...«

»Das ist nichts für den Winter... Und Leopard ist zu auffallend... Das ist was für Frauen, die drei bis vier verschiedene Pelzmäntel haben...«

»Also was dann?«

»Soll ich dir sagen, wovon ich träume? Und das ist auch in erstklassiger Qualität nicht so schrecklich teuer... Ein Wildkatzenmantel... Die sind wieder hochmodern... Das Fell wird ganz weich verarbeitet, das schmeichelt und wirkt trotzdem elegant, aber dezent...«

»Kaufst du dir außerdem noch das Kostüm für dreihundertundneunundzwanzig Franc in der Avenue de Wagram? Von dem Rest...«

»Davon oder vielmehr mit einem Teil davon – man muß ja schließlich auch an die Zukunft denken – lassen wir die Wohnung neu streichen, das ist längst überfällig…«

Zum erstenmal, seitdem sie die Sonntage in Poissy verbrachten, ging sie zur Tür, schob errötend wie ein junges Mädchen den Riegel vor und legte sich dann zu ihrem Mann ins Bett.

»Hörst du jetzt auf mit dem Wetten, ja? Versprichst du mir das?«

3

Er besaß einen neuen Anzug, neue Schuhe, einen neuen Überzieher und einen neuen Hut, aber das machte ihm nicht den geringsten Spaß, und er schämte sich fast an dem Morgen, als er so ausstaffiert ins Büro fuhr. Wegen Bobs Frotzeleien über sein kariertes Sakko hatte er sich konservative Sachen von unaufdringlicher Eleganz bestellt und war dabei so weit gegangen, bei François Challans' Schneider arbeiten zu lassen.

Als Junge war er einmal im Jahr, zu Ostern, von Kopf bis Fuß neu eingekleidet worden, bis auf den Überzieher, den er alle zwei Jahre zu Allerheiligen bekam.

Den Kindern hatten sie ebenfalls lauter neue Sachen gekauft. Die beiden sprachen nur noch von Weihnachten, genau wie Funk und Fernsehen. In allen Schaufenstern gab es Tannenschmuck, über den Geschäftsstraßen spannten sich Lichtgirlanden, und auf dem Platz vor der Notre-Dame stand eine Riesentanne, Zeitungsberichten zufolge die größte der Welt.

Dominique war glücklich mit ihrem Wildkatzenmantel. Sie hatte sich dazu eine passende Mütze gekauft, die sie schräg auf das blonde Haar setzte und die sie sanfter, zarter, weicher erscheinen ließ. Irgendwie erinnerte sie damit an die eleganten Damen auf alten Stichen, die, in Pelze eingehüllt, die Hände fröstelnd in einem Muff vergraben, im Schlitten spazierenfahren.

Aber war sie wirklich so sanft und zart?

Gewiß, sie achtete auf seine Gesundheit, sorgte sich, sobald er eine gewisse Nervosität und Niedergeschlagenheit zeigte, die ihn dauernd befiel, ohne daß er sie sich hätte erklären können.

Es war nicht nur die Angst vor einer verhängnisvollen Entwicklung im Fall von Lausanne. Die Geldscheine in dem Aktenkoffer waren mittlerweile in den Hintergrund getreten. Er brachte ihn jetzt ganz automatisch alle vier bis fünf Tage auf einen anderen Bahnhof, und manchmal unterlief ihm dabei ein Irrtum, so daß er zuerst zur Gare Saint-Lazare fuhr, bis ihm einfiel, daß er ihn zuletzt auf der Gare de Lyon deponiert hatte.

Er trank um des Trinkens willen und fühlte sich zunehmend deprimierter, je näher Weihnachten und Neujahr rückten.

»Nein, Kinder, wir können nicht in die Berge fahren. Ihr habt zwar Ferien, aber wir Erwachsenen nicht...«

Bib hatte seiner Schwester einen Wunschzettel diktiert, der eine volle Seite umfaßte und natürlich auch eine Indianerausrüstung enthielt, wie er sie aus den Wildwestfilmen im Fernsehen kannte.

»Wo Papa jetzt doch so viel Geld verdient...«

Denn ihre Mutter hatte die ganzen Neuanschaffungen folgendermaßen erklärt:

»Euer Papa hat so gut gearbeitet, daß sein Chef sich entschlossen hat, ihm eine Gehaltserhöhung zu geben.«

»Was ist das, Mama, eine Gehaltserhöhung?«

»Er bekommt jeden Monat mehr Geld...«

»Dann ziehen wir also um?«

»Wie kommst du denn darauf?«

Bib erinnerte sich zweifellos an Sätze, die er aufgeschnappt hatte, als Dominique und ihr Mann, ohne daran zu denken, daß er zuhörte, sich ausmalten, daß sie irgendwann einmal, »wenn wir reich sind«, ein kleines Haus in der Umgebung von Paris oder aber – wie die Challans – eine Eigentumswohnung in einem Neubau kaufen würden.

Josée hatte ihren Vater wieder beiseite genommen.

»Vielen Dank, Papa! Ich freue mich ja über alles, was du für uns getan hast, aber ich hab auch so Angst, daß du dich überarbeitest.«

Sie schwieg eine Weile und fuhr dann verlegen fort:

»Lach mich nicht aus, wenn ich jetzt was Dummes sage. Ich kann nichts dafür, daß ich mir dauernd über solche Sachen den Kopf zerbrechen muß, und dabei dreht sich's eben oft um dich. Sag mal, stimmt es, daß man vor Müdigkeit sterben kann?«

»Wer hat dir denn das erzählt?«

»Niemand. Ich hab nur Mama oft seufzen hören: ›Ich bin todmüde...‹ Aber Mama hat doch nicht soviel Arbeit und soviel Sorgen wie du. Im Büro ist sicher alles noch viel anstrengender als in der Schule, nicht wahr? Und ich bin manchmal schon in der Schule, vor allem beim Rechnen, so müde, daß ich am liebsten losheulen möchte. Dann brummt mir der Kopf, und ich denke mir, wenn ich ihn jetzt auf die Bank legen würde, könnt ich glatt sterben... Passiert so was wirklich nie, bestimmt nicht?«

»Nein, mein Schatz, niemals... Du kannst mir glauben,

auch wenn deine Mutter mal so was sagt, weil ihr abends zuviel Krach macht – bei mir im Büro ist's kein bißchen anstrengender als in der Schule…«

Das Wetter war trüb. Es regnete viel. An den Tagen, an denen es nicht regnete, war der Himmel gleißend weiß, und ein kalter Nordostwind fegte durch die Straßen.

Calmar war niedergeschlagen, von einer allgemeinen Traurigkeit erfüllt, und er dachte häufiger als sonst an die Unterrichtsstunden im Lycée Carnot, an das Leben, das er damals geführt und dem ein Mimoune ein Ende gemacht hatte.

Was mochte aus Mimoune geworden sein? Hatte er die gleiche Laufbahn eingeschlagen wie sein Vater, im gehobenen Verwaltungsdienst und in der Politik? Würde er eines Tages Minister? Das war durchaus denkbar und bedrückte ihn gleichfalls ohne ersichtlichen Grund.

Es hatte Augenblicke gegeben, in denen ihm die andauernde Geheimnistuerei eine gewisse prickelnde Erregung verschaffte, sogar etwas so Banales wie das Aufschlagen der *Tribune*. Jetzt fragte er sich, ob es sich lohnte, weiterzumachen.

Außerdem fragte er sich… doch auch das blieb dunkle Ahnung. Das Vermögen, das bündelweise in dem Aktenkoffer vom Boulevard Beaumarchais lag, hatte er im Grunde kaum angetastet.

Von dem Rest konnte man immer noch gut und gern zehn Häuser auf dem Land oder zehn Wohnungen wie die der Challans in La Celle-Saint-Cloud kaufen. Die ganze Familie hätte in einem südfranzösischen Dorf leben und er dann seine Tage mit Angeln verbringen können.

Er war nie fischen gegangen, nicht einmal als Kind, vielleicht lag das am Beruf seines Vaters und an seinem eigenen Spitznamen, »die Fleischmade«.

Es war nicht eigentlich Mutlosigkeit, sondern vielmehr eine melancholische Müdigkeit, die er als Weltschmerz empfand.

Da lebte er in einer großen Stadt inmitten von über sieben Millionen Männern, Frauen und Kindern. Viermal täglich bewegte er sich mit dem Verkehrsstrom, der weiterfloß, ohne daß man wußte, wohin. Jeder hatte ein Ziel. Jeder hatte es eilig. Jeder arbeitete, um dieses oder jenes kaufen zu können, und das Fernsehen pries die Segnungen des Wintersports, die Freuden einer Kreuzfahrt auf dem Mittelmeer oder sonstwo.

Das Mittelmeer widerte ihn seit Venedig an. Und zum Wintersport war er nie gefahren; er sah sich auch nicht mit Skiern an den Füßen und alle fünf Meter zum Ergötzen der Kinder wie ein Sack hinplumpsen.

Da zog er seine Wohnung in der Rue Legendre entschieden vor, obwohl diese nicht eigentlich ihm gehörte, da sie ihnen ja von seinen Schwiegereltern überlassen worden war. Mit anderen Worten: Es haftete ihr nicht der Name Calmar an, sondern es war die Wohnung der Lavauds.

Dominique aber war eine Lavaud und würde es bleiben, auch wenn sie es gar nicht wollte. Der Beweis: ihre panische Angst vor Pferdewetten, weil sich angeblich ein Großvater damit ruiniert hatte, was schließlich genauso durch schlechte Geschäftsführung geschehen sein konnte.

Die Lavauds, Dominiques Vater jedenfalls, waren nicht intelligent. Sie hatten ihre eigenen unumstößlichen Ansichten und Wahrheiten, sozusagen in Familienerbpacht, die niemand bestreiten oder in Frage stellen durfte.

»Kinder, ich sage euch…«

Ich sage euch… Das duldete keinen Widerspruch. Die Stimme der Weisheit, der Erfahrung.

Ihm wurde speiübel bei der Vorstellung, sie weiterhin jeden Sonntag zu besuchen und den Weihnachtstag bei ihnen zu verbringen unter Gästen, die ihm völlig unbekannt waren, nicht aber Vater Lavaud.

Kurz, er hatte alles satt, gründlich, und er überlegte, ob er den neuen Anzug, den neuen Mantel, in denen er sich verkleidet vorkam, noch weiter tragen sollte.

Nur Mademoiselle Denave, die häßlichste unter den Schreibdamen, himmelte ihn mit kindlicher Bewunderung an und stürmte beim geringsten Anlaß in sein Büro.

Auch sie war anfangs in Bob verliebt gewesen. Genau wie Dominique! Justin fragte sich, was wohl an Bob so einzigartig sein mochte, daß er eine solche Anziehungskraft auf Frauen ausübte.

Er war ebenfalls Junggeselle gewesen. Er hatte sehr wenig Liebschaften gehabt, in erster Linie Abenteuer, die einen Tag oder eine Woche andauerten und dann von ihm beendet werden mußten, weil seine Partnerinnen das Ganze sofort ernst nahmen.

Bei Bob fingen sie erst gar nicht an, vom Heiraten zu sprechen. Sie gaben sich unbeschwert heiter, bemühten sich, ihm zu gefallen, während er sich ihretwegen keineswegs in Unkosten stürzte. So fragte er nie:

»Wo würdest du gern zu Abend essen?«

Er ging mit ihnen in ein Restaurant, das seinem Geschmack entsprach, und bestellte, worauf er gerade Lust hatte. Sie zu fragen, was sie gern unternehmen wollten, fiel ihm ebensowenig ein. Er traf die Entscheidungen. Und wenn er genug hatte, zog er sich mit ein paar witzigen Sprüchen aus der Affäre.

War Bob glücklich? Eher nein, vermutete Justin, trotz seines sorgfältig kultivierten Egoismus.

War er, Calmar, glücklich? Nicht erst seit Venedig und dieser albernen Geschichte im Zug! Er stellte sich diese Frage ganz einfach nicht oder nur selten, und dann dachte er schleunigst an etwas anderes, an die tausend kleinen Sorgen in der Familie oder im Büro.

So würde das immer weitergehen... Josée, deren Brüste sich zu runden begannen, würde zu einem jungen Mädchen heranwachsen und das Recht beanspruchen, abends mit Freunden oder Freundinnen auszugehen.

»Erlaubst du ihr das, Justin? Findest du es passend, wenn ein junges Mädchen bei Leuten verkehrt, die sich nicht richtig um ihre Kinder kümmern und erlauben, daß sie bis Mitternacht tanzen?«

Und sie? Was hatte sie bis Mitternacht getan, als er sie kennengelernt hatte? Sie hatte mit Bob geschlafen. Manchmal war sie bis zum Morgen bei ihm geblieben, bis es Zeit wurde, zur Arbeit in ihr Handschuhgeschäft am Boulevard Saint-Michel zu gehen. Möglich war ihr das dank einer Freundin, die sie deckte und bei der sie angeblich ein- bis zweimal wöchentlich übernachtete.

Ihn dagegen hatte sie einen Monat lang zappeln lassen.

»Sehen Sie, Justin, ich bin mir noch nicht sicher, ob ich Sie liebe... Sie sind ein guter Kamerad... Bei Ihnen fühle ich mich geborgen... Sie wirken so gediegen, ich glaube, auf Sie kann man sich verlassen...«

Und Bob? Hatte sie da lange überlegt, ob sie ihn liebte? Nie und nimmer!

Kurz und gut – Calmar war vom ersten Tage an der Heiratskandidat gewesen, und als zukünftigen Ehemann hatte sie ihn auf die Probe gestellt, nicht als Mann und schon gar nicht als möglichen Liebhaber.

Er nahm ihr das nicht übel. Er liebte sie. Er hatte sich an sie gewöhnt. Er wollte ihr keinen Kummer bereiten, ihr nicht weh tun. Das war doch Liebe, oder etwa nicht?

Er fürchtete auch ihren allzu scharfen Blick, ihre Art, ihm verfängliche Fragen zu stellen, wenn er am wenigsten damit rechnete.

»Haben sie denn im Büro nicht gemerkt, daß du anders geworden bist?«

»Wieso sollte ich mich verändert haben?«

»Das weißt du genau, Justin. Für mich liegt das an dem vielen Geld, das du bei der Dreierwette gewonnen hast... Aber ich verstehe es immer noch nicht ganz... Du warst schon nicht mehr derselbe, als ich mit den Kindern aus Venedig zurückkam bin... Hast du damals schon gewettet?«

»Ich glaube, ja... Ich erinnere mich nicht mehr an das Datum...«

»Und Leferre? Kanntest du den schon?«

»Den kenn ich seit Urzeiten...«

»Trotzdem hat er dir nie Tips gegeben...«

»Die schüttelt man ja nicht unbedingt jede Woche aus dem Ärmel. Vielleicht kannte er mich noch nicht gut genug...«

»Hast du gelegentlich Geld gewonnen, ohne es mir zu sagen?«

»Das weiß ich nicht mehr, mein Schatz... Und wenn, dann waren es bestimmt nur kleine Beträge...«

»Das heißt aber doch, daß du imstande bist, mir etwas zu verheimlichen...«

Und sie? War sie so sicher, ihm nichts zu verheimlichen, ihm in den dreizehn Jahren ihres Zusammenlebens nie etwas verheimlicht zu haben?

»Merkwürdig...«

»Was ist denn so merkwürdig?«

»Du... Alles... Ich habe mich davon blenden lassen, vor vierzehn Tagen... Das viele Geld, das uns in den Schoß gefallen ist... Ich hab mir gesagt, es wäre einfach zu albern, eine solche Gelegenheit nicht beim Schopf zu fassen, auch wegen der Kinder... Ich gebe ja zu, es hat mir Spaß gemacht, mir einen Pelzmantel zu kaufen, auf den ich sonst noch jahrelang hätte warten müssen... Aber jetzt...«

»Was ist jetzt?«

»Ach, nichts...«

Sie hätte am liebsten geweint, und er hätte sie am liebsten in die Arme genommen und ihr leise ins Ohr geflüstert:

»Du hast ja recht... Siehst du, Liebling, es ist alles ganz anders... Am besten sage ich dir die Wahrheit... Ich kann diese Last nicht mehr allein tragen... Es gibt Augenblicke, da möchte ich es irgend jemandem ins Gesicht schreien – im Büro, auf der Straße, in einem der Bistros, wo ich jeden Tag einkehre, mich in der Toilette einschließe und eine Schweizer Zeitung lese...

Ich bin reich, Dominique, und ich weiß nicht, was ich mit meinem Geld anfangen soll. Und wenn ich es noch so vorsichtig angreife, riskiere ich trotzdem jeden Augenblick, eine Kugel in den Kopf zu bekommen oder mich im Gefängnis wiederzufinden...«

Ohne daß ich irgend etwas Schlimmes getan hätte!

Den Beweis dafür, daß er solchen Gefahren ausgesetzt war, sollte er am folgenden Tag in der *Tribune* finden.

Rätselhaftes Nachspiel zum Mord in der Rue du Bugnon

In Zusammenhang mit dem Mord an einer Maniküre in der Rue du Bugnon berichteten wir vor einiger Zeit von der Verhaftung eines holländischen Staatsangehörigen auf Veranlassung von Richter La Pallud.

Wenige Tage nach Beginn der strafrechtlichen Voruntersuchung hat sich der mutmaßliche Tatverdächtige, der keinerlei Aussagen gemacht haben soll, in seiner Zelle erhängt. Zu diesem Zweck hat er sein Hemd in Streifen gerissen und diese aneinandergeknüpft.

Es handelt sich um einen gewissen Nicholas de V..., fünfunddreißig Jahre alt, Edelsteinmakler, letzter bekannter Wohnsitz in Amsterdam.

Er war verheiratet und Vater von drei Kindern. Seine Frau hat auf Befragen der niederländischen Polizei versichert, ihr Mann sei einer geordneten Tätigkeit nachgegangen und habe häufig Geschäftsreisen ins Ausland unternehmen müssen. Sie erinnert sich nicht, wo er sich am 19. August aufgehalten hat, aber ihres Wissens war ihr Mann seit über einem Jahr nicht mehr in der Schweiz.

Verheiratet, auch er. Drei Kinder, nicht zwei. Er hatte sich in seiner Zelle erhängt und dazu sein Hemd in Streifen gerissen, um sich eine Art Strick anzufertigen.

Und wenn er sich nun nicht selber erhängt hatte? Wenn man ihn vielmehr aufgeknüpft hatte? Wenn man keinen anderen Ausweg gefunden hatte, um peinliche Enthüllungen zu verhindern?

Peinlich für wen? Gab es noch mehr Geld, woanders versteckt, in anderen Schließfächern, auf anderen europäischen Bahnhöfen?

Das alles widerte ihn an. Er hatte genug davon. Er bekam nicht übel Lust, zur Polizei zu gehen, auszupacken und sich ein für allemal von diesem ständigen Druck zu befreien. Wenn er es nicht tat, so geschah das nicht seinet-, sondern seiner Frau und der Kinder wegen.

Er wußte nicht einmal, was für eine Strafe er riskierte. Außerdem würde man ihm nicht glauben. Selbst Dominique würde ihm nicht glauben. Seit Wochen, seit Monaten schon mißtraute sie ihm, belauerte ihn, bemühte sich, ihm mit Fangfragen ein Bein zu stellen. Wer noch?

Bob? Bob trieb weiter seine Späße mit ihm, wenn er in sein Büro kam, was jedoch immer seltener geschah, und wenn er seine Späße trieb, spürte man, daß er mit den Gedanken ganz woanders war.

»Also wirklich, du kommst bald ebenso schick daher wie unser Prachtstück von Generaldirektor... Was ist denn passiert, alter Knabe? Hast du 'ne Erbschaft gemacht?

Dabei fällt mir ein, du mußt unbedingt an einem der nächsten Abende mit mir und meiner Neuen essen gehen... Zusammen mit Dominique selbstverständlich... Keine Bange – die jetzige ist sehr wohlerzogen und schmeißt nicht mit unflätigen Ausdrücken um sich...

Für meinen Geschmack ist sie sogar zu wohlerzogen. Sie verlangt immer, ich soll das Licht ausmachen, bevor sie sich auszieht... Zum Schreien, denn ist sie erst mal barfuß bis zum Hals, können von ihr aus sämtliche Lampen brennen, das ist ihr schnurzegal... Weißt du, was ihr Vater von Beruf ist? Steuerinspektor... Äußerst lohnende Beziehung! Nur schade, daß ich ihm nicht verraten kann, wieso ich quasi mit zur Familie gehöre...«

Justin lachte nicht, lächelte nicht einmal.

»Wie geht's Dominique?«

»Gut.«

»Und den Kindern?«

»Sehr gut.«

»Und dir?«

Bob lachte schallend.

»Wenn ich was von dem Hokuspokus hielte, alter Knabe, würde ich dich zum Psychoanalytiker schicken... Der würde bei dir garantiert irgendeinen Komplex entdecken... Hoffentlich keinen Ödipuskomplex... Unter uns gesagt, ich hab nie genau gewußt, was das eigentlich ist, ein Ödipuskomplex... Eine Bildungslücke...

Spaß beiseite, du solltest wirklich auf deine Gesundheit achten... Alle fragen sich, was mit dir los ist... Das muß eines Tages mal raus... Und dann vergiß nicht, ich bin immer für dich da. Ich nehme die Bekenntnisse einer schönen Seele nicht nur als Bettgeflüster entgegen...«

Monsieur Baudelin wiederum sagte kein Wort, beobachtete ihn verstohlen und verließ aufseufzend das Büro. Es war ihm ein Greuel, wenn nicht jeder in seinem Betrieb brav an seinem Arbeitsplatz hockte, aber ebensowenig konnte er die Kranken und die Niedergeschlagenen ausstehen. Eine seiner beliebten Redensarten war:

»Machen Sie doch die Dinge nicht komplizierter, als sie sind, mein Bester... Machen Sie bloß nicht alles komplizierter...«

Er hatte Challans beauftragt – denn ihm grauste davor, Unangenehmes selbst zu erledigen –, eine Sekretärin zu entlassen, die ohne Angabe von Gründen mitten im Diktat in Tränen ausgebrochen war.

Erst ein Jahr später, sie war schon tot, hatte man erfahren, daß sie an Leukämie erkrankt war und ihre Mutter mittellos hinterließ. So etwas kommt vor!

Freitag. Unter dem Vorwand eines Zahnarzttermins war er früh aus dem Büro weggegangen, da er wieder einmal den Aufbewahrungsort des Aktenkoffers wechseln mußte.

Diesmal war die Gare de l'Est an der Reihe. Das Schicksal wollte es, daß es weder in der Nähe seiner Firma noch seiner Wohnung einen Bahnhof gab; so mußte er ein- bis zweimal wöchentlich wohl oder übel durch die verkehrsreichsten Viertel von Paris fahren.

An diesem Abend war er besonders niedergeschlagen und hätte um ein Haar einen Zeitungsverkäufer umgefahren, der sich außerhalb des Fußgängerstreifens zwischen den Autos hindurchschlängelte.

Er brachte es nicht übers Herz, den Bahnhof zu wechseln. Es wimmelte bereits von Sportlern in festen Schuhen und bunten Pullovern, welche, die Skier geschultert, die Züge stürmten. Ein Ski hatte ihm die Wange aufgeschürft.

Er beugte sich über das Fach 27, entnahm ihm den Aktenkoffer, ging zu einer anderen Reihe und warf eine Münze in das Schließfach 62, um dort seinen Schatz zu deponieren.

Er sah sich nicht mehr um. Seit einigen Tagen überließ er sich einem gewissen Fatalismus und fragte sich mitunter, ob er nicht, um all diese Komplikationen und Laufereien zu vermeiden, den Aktenkoffer einfach abgeschlossen in seinem Wandschrank im Büro lassen sollte.

Darüber würde er am Wochenende nachdenken, da er sich nun einmal angewöhnt hatte, jeden seiner Schritte vorher genau zu überlegen.

Das war zur Manie geworden. Er tat es ganz unbewußt, als sei in seinem Kopf eine kleine Mechanik unaufhörlich in Bewegung, sogar nachts, denn häufig schrak er aus dem Schlaf hoch, weil er von einer bisher noch nicht bedachten Gefahr geträumt hatte.

Vornübergebeugt schloß er das Fach ab, steckte den Schlüssel in sein Schlüsseletui und richtete sich wieder auf. In diesem Augenblick sah er das Gesicht von Mademoiselle Denave vor sich.

»Verreisen Sie, Monsieur Calmar?«

Seine törichte Antwort bewies wieder, daß er nicht vorsichtig genug sein konnte.

»Sind Sie mir gefolgt?«

»Ich? Aber nein. Wissen Sie denn nicht, daß ich jeden Abend mit dem Zug nach Lagny fahre? Ich wohne doch dort bei meiner Mutter.«

Nein. Er hatte sich nie Gedanken darüber gemacht, was Valérie nach Büroschluß tun mochte. Sie betrachtete ihn mit aufmerksamer und zugleich zärtlicher Beschützermiene.

»Sie glühen ja förmlich. Kein Wunder, Sie müssen ja ein Mordstempo vorgelegt haben. Ich habe auch früher als sonst Feierabend gemacht und die Metro genommen...«

Er spürte das Bedürfnis, Erklärungen abzugeben. Dabei wußte er, daß er das auf keinen Fall durfte, aber es war stärker als er. Er konnte das Schweigen, diesen liebevollen, diesen blödsinnig-zärtlichen Blick, mit dem sie ihn umfing, einfach nicht ertragen. Als ob sie gerührt wäre, ihn ertappt zu haben, genauso gerührt, wie wenn sie ein Kind beim Naschen erwischt hätte.

»Ich habe einen Freund zum Zug gebracht und gleich nach der Abfahrt gemerkt, daß ich seinen Aktenkoffer noch in der Hand hatte. Er mußte nämlich zwei Koffer schleppen...«

Ob sie beobachtet hatte, wie er den Koffer aus dem ursprünglichen Schließfach nahm?

»Ich freue mich, daß ich Sie getroffen habe, Monsieur Calmar. Das ist ganz was anderes, Sie hier zu sehen, als im Büro...«

»Guten Abend, Mademoiselle Denave...«

»Guten Abend, Monsieur Calmar... Ach, einen Augenblick noch! Ich wollte Ihnen schon seit langem etwas sagen und hatte nur nie den Mut dazu... Hier unter den vielen Menschen fällt's mir leichter... Sie sollten wissen, daß ich Ihre Freundin bin, daß Sie keine bessere Freundin als mich haben und daß ich alles, aber auch alles tun würde, um Ihnen zu helfen…«

Ohne irgendeine Antwort oder Reaktion abzuwarten, hastete sie zu den Bahnsteigen und verschwand zwischen den Skiläufern im Sportdreß.

4

Monsieur Calmar…«

»Ja, Mademoiselle…«

Sie war lautlos in sein Büro geschlichen, daß er es gar nicht gemerkt hatte und zusammengeschreckt war. Vorsorglich hatte sie sich mit Stenoblock und Bleistift bewaffnet.

»Wissen Sie noch, was ich Ihnen gestern am Bahnhof gesagt habe?«

Mit abgewandtem Blick murmelte er verlegen:

»Ich glaub schon…«

»Ich möchte es Ihnen noch einmal ausdrücklich sagen: das waren keine leeren Worte…«

Sie führte ganz offensichtlich etwas im Schilde, denn sie trug ein Kleid, das er noch nie an ihr gesehen hatte, und war außerdem stärker geschminkt als sonst. Ihr Gesicht blieb auch mit Make-up unverändert reizlos, das fast hautenge Kleid dagegen brachte eine Figur zur Geltung, die ansprechender war, als er vermutet hätte.

»Ich muß mit Ihnen sprechen. Die Sache eilt…«

»Bitte, ich höre…«

»Nicht jetzt… Nicht wenn jeden Moment irgend jemand zur Tür hereinkommen kann…«

Sie lächelte ihm diskret, verständnisinnig zu – in der

festen Überzeugung, daß er ihr Taktgefühl zu würdigen wüßte.

»Ich habe gedacht… Heute ist Samstag… Am Nachmittag ist das ganze Haus leer…«

»Wenn nicht der Chef…«

»Monsieur Baudelin ist nach Brézolles gefahren und kommt erst am Montag morgen zurück. Ich selbst habe die Briefe und Telegramme getippt, mit denen er seine Termine festgemacht hat…«

Er starrte sie entgeistert an und überlegte, worauf sie hinauswollte.

»Ihrer Frau können Sie sagen, Sie haben dringende Arbeit zu erledigen und müssen Überstunden machen. Und ich habe mich schon mit Monsieur Challans geeinigt.«

»Was haben Sie mit ihm besprochen?«

»Ich hab ihm gesagt, ich wäre mit der Ablage im Rückstand und würde lieber heute nachmittag ein bis zwei Stunden arbeiten, als nächste Woche länger zu bleiben.«

»Aber wieso…«

»Um zwei Uhr?«

Als wäre er schon lange hinter ihr her und hätte nun endlich das heißersehnte Rendezvous bekommen.

»Es ist nur…«

»Ich verstehe ja, daß Sie überrascht sind… Sie werden schon sehen! Also bis nachher…«

Er vergaß darüber, die *Tribune* zu kaufen, und nachdem er sich nicht zwei, sondern drei Aperitifs hinter die Binde gegossen hatte, dachte er auch nicht an das obligatorische Chlorophylldragee, obwohl die Schachtel in seiner Jackentasche steckte.

»Was ist mit dir los, Justin?«

»Gar nichts. Nur daß ich am Nachmittag noch mal ins Büro muß... Eine idiotische Arbeit... Wir haben heute früh den neuen Katalog von Sears-Roebuck bekommen... Er wiegt in diesem Jahr fast ein Kilo, und der Chef will von mir gleich am Montag morgen eine Aufstellung der Neuheiten haben...«

»Ach was! Es regnet doch sowieso...«

Er begriff nicht sofort, was sie damit sagen wollte.

»Was hättest du hier schon groß anfangen können? Im Fernsehen gibt's nichts Gescheites, und ich hab den Kindern versprochen, mit ihnen bei Clémence ein Eis essen zu gehen...«

Er aß geistesabwesend, kam zwanzig Minuten zu früh in die Avenue de Neuilly und erkundigte sich beim Pförtner:

»Ist Mademoiselle Denave schon da?«

»Nein, Monsieur. Erwarten Sie sie?«

»Sie muß mit mir eine dringende Terminsache fertigstellen... Den Chef haben Sie nicht zufällig gesehen?«

»Er ist heute gegen zehn mit Monsieur Marcel weggefahren...«

Er tigerte in seinem Büro auf und ab, erregt, unruhig und sich überdies der Lächerlichkeit der Situation deutlich bewußt. War er nicht sein Leben lang eine lächerliche Figur gewesen, und hatten sie nicht schon im Kindergarten angefangen, sich über die »Fleischmade« lustig zu machen?

Er hörte ihre Schritte auf der Treppe, blieb mitten im Raum stehen, lauschte, wie sie sich in ihrem Büro zu schaffen machte, bevor sie die Tür öffnete.

»Passen Sie auf, Justin... Ich weiß, ich dürfte Sie nicht so nennen, aber heute... da kann ich einfach nicht anders...«

Sie war nervös, überreizt und fingerte ständig an einem spitzengesäumten Taschentuch herum.

»Sehen Sie, ich kann es nicht ertragen, wenn Sie unglücklich sind... Ich spüre das doch, verstehen Sie? Bestimmt haben Sie gemerkt, daß ich Sie liebe, und mich dabei in keiner Weise entmutigt...«

Ihm war, als sei er plötzlich in dichten Nebel geraten. Er hörte die Worte, konnte ihnen einen Sinn zuordnen, nicht aber glauben, daß sich dies alles tatsächlich zutrug. Am liebsten hätte er sie angeschrien:

»Sie sind ja verrückt! Sie sind ja total übergeschnappt!«

Einfach Hut und Mantel nehmen und auf schnellstem Wege raus hier – an die frische Luft – unter normale Menschen, die ihn mit solchem Geschwätz verschonten...

»Die Kollegen bemitleiden mich, weil ich allein bin. Dabei merken die gar nicht, daß Sie von allen hier am einsamsten sind... So ist's doch, Justin?«

»Ich weiß nicht... Ich verstehe nicht...«

»Aber natürlich verstehen Sie... Seit Monaten, seitdem Sie aus dem Urlaub zurück sind, suchen Sie einen Menschen, dem Sie Ihr Herz ausschütten können... Schrecklich muß das sein, wenn einem ein Geheimnis wie Ihres auf der Seele liegt... Zuerst haben Sie doch bestimmt an Ihre Frau gedacht, an Ihren Freund Bob, was weiß ich, aber dann konnten Sie nicht...«

Sie war so bewegt, daß ihr die Tränen in die Augen stiegen und sie wohl gleich zu heulen anfangen würde.

»Sie haben sich angewöhnt, lieber mich als die anderen zum Diktat zu rufen... Sie haben mich gründlich studiert... Das sind Dinge, die jeder Frau auffallen... Ein paarmal waren Sie drauf und dran, mir etwas zu sagen...«

»Ich versichere Ihnen, Mademoiselle...«

»Still! Soll ich Ihnen sagen, was ich weiß?«

»Was wissen Sie denn?«

»Vielleicht nicht die volle Wahrheit, aber den Rest kann ich mir denken...«

»Sie meinen, daß es eine Frau in meinem Leben gibt?«

»Jetzt nicht mehr! Ende August und Anfang September vielleicht... Sicher haben Sie sie in Venedig kennengelernt oder im Zug auf der Rückreise...

Sie sind verändert wiedergekommen... Wegen dieser Frau haben Sie Geld gebraucht... Entschuldigen Sie... Ich mische mich in Sachen ein, die mich nichts angehen. Aber ich kann doch nichts dafür, daß ich Sie liebe, daß Sie der einzige Mann sind, zu dem ich mich jemals hingezogen gefühlt habe...«

Sie stand nur einen Meter von ihm entfernt. Tränen strömten jetzt über ihr Gesicht, und sie dachte nicht daran, sie abzuwischen.

»So, das wollte ich Ihnen unter vier Augen sagen... Ich weiß nicht mit Sicherheit, wo Sie das Geld herhaben, aber ich ahne es... Anständig, wie Sie sind, läßt es Ihnen jetzt keine Ruhe, weniger aus Angst vor Entdeckung, sondern weil Sie sich den Kopf darüber zerbrechen, wie Sie die entwendeten Beträge zurückerstatten sollen... Hör zu, Justin...«

Sie duzte ihn. Sie kam noch näher. Sie warf sich ihm an die Brust. Immer noch weinend, stammelte sie:

»Ich hab Ersparnisse, die ich nicht brauche. Meine Mutter und ich haben immer bescheiden gelebt. Und heiraten werde ich ohnehin nie…«

Er wagte nicht, sich loszumachen. Rührung erfaßte ihn, nicht über das, was sie sagte, sondern weil ihn plötzlich Selbstmitleid überkam.

»Du kannst das Geld zurückzahlen… Du wirst deine Ruhe, deine gute Laune wiederfinden… Du bist stark, das weißt du genau, und es wäre doch einfach dumm, dich wegen einer kleinen Verfehlung unterkriegen zu lassen…«

»Aber…«

»Der Aktenkoffer, gestern, auf der Gare de l'Est…«

Sie sah ihn unter Tränen an, und plötzlich spürte er ihren Mund, ihre Lippen, die ihn nicht mehr losließen, ihre gierigen, unbeholfenen Küsse.

»Pst! Sag jetzt nichts… Gleich wirst du mir alles erzählen, ja? Und dann überlegen wir gemeinsam, wie wir das Ganze wieder in Ordnung bringen wollen…«

Wieder umarmte und küßte sie ihn. Trotz ihrer kleinen, schmächtigen Statur hatte sie ungeahnt kräftige Muskeln, und auf einmal wälzten sie sich beide auf dem Teppichboden.

»Nimm mich, Justin! Auf diesen Augenblick habe ich so lange gewartet… Ich flehe dich an!«

Ein Strudel riß ihn mit, betäubte jeden Gedanken. Seine Hand strich über das warme Fleisch ihres Schenkels, tastete sich immer weiter, und dann nahm er sie abrupt, während sie einen gellenden Schrei ausstieß.

Sie war noch Jungfrau, mit zwei- oder dreiunddreißig. Er empfand Scham, aber sie hielt ihn so fest umklammert, daß er sich nicht von ihr lösen konnte und keine Luft mehr bekam.

Als sie ihren eisernen Griff endlich so weit lockerte, daß er den Kopf anheben konnte, sah er Männerschuhe auf dem Teppich, dann Beine, ein Sakko und schießlich das ausdruckslose Gesicht von Monsieur Baudelin.

Ungelenk erhob er sich, Mademoiselle Denave dagegen blieb noch einen Moment liegen, mit bis zum Bauch aufgeschürztem Kleid, das sie dann langsam herunterzog.

»Entschuldigen Sie, Monsieur Baudelin ...«

Schlagartig erkannte er die unerbittliche Wirklichkeit, sah ohne jede Beschönigung das Groteske der Situation, das Groteske in allem, was soeben geschehen war, was sich seit der Fahrt im Zug von Venedig abgespielt hatte, das Groteske an seinem ganzen Leben und vielleicht auch an dem der anderen.

Genau wie damals bei der Ohrfeige für Mimoune hatte er keine Zeit, nachzudenken, sich zu beherrschen, sondern stürzte zum Fenster, öffnete es ungeschickt und sprang hinaus. Es regnete. Das Pflaster glänzte feucht. Er hörte einen Schrei, fast den gleichen wie vorhin, als er Mademoiselle Denave entjungfert hatte, und inmitten des Chaos zeichnete sich eine aufgeschossene rote Gestalt ab, ein kleines Mädchen, das die Hand hob und dabei ein Eis schleckte.

Epalinges (Waadt), Juni 1965

Bitte beachten Sie auch
die folgenden Seiten

Robert J. Courtine

Simenon und Maigret bitten zu Tisch

Die klassischen französischen Bistrorezepte
der Madame Maigret
Aus dem Französischen von Pierre F. Sommer
Mit zahlreichen Abbildungen

Original französische Bistrorezepte – eine traditionelle Küche, die heute wieder die Teller erobert.
Georges Simenon hat in seinen unzähligen Romanen nicht nur die unsterblich gewordene Figur des Kriminalkommissars Maigret geschaffen, sondern auch der französischen Küche ein Denkmal gesetzt. Denn: Maigret liebt die echte, bodenständige Kost, wie sie am heimischen Herd oder im Bistro um die Ecke gepflegt wurde.
Robert J. Courtine, Kolumnist bei *Le Monde* und langjähriger Freund Simenons, hat die Gerichte bis zu ihren Ursprüngen zurückverfolgt, die Rezepte vereinfacht und heutigen Eßgewohnheiten angepaßt.
Begleitet wird die Rezeptsammlung von kurzen *Maigret*-Zitaten und stimmungsvollen Fotos aus dem Paris der fünfziger Jahre.

»Eine Sammlung köstlicher und gut nachkochbarer Rezepte.« *The New York Times*

Georges Simenon in der Diogenes Neuedition

Seit 1977 betreut der Diogenes Verlag das Gesamtwerk Georges Simenons in einer Werkausgabe. Im Laufe der Jahre erschienen über 200 Bände. Seit 1995 werden Simenons Werke im Rahmen einer Neuedition in zum Teil neuen oder überarbeiteten Übersetzungen wieder aufgelegt.

»Allmählich gibt es wieder Simenon zu kaufen, und gerade wer ihn noch nicht kennt, der hat jetzt die Möglichkeit, sich Zug um Zug und auf ganz übersichtliche Weise in Simenon einzulesen.«
Rolf Vollmann / Südwestfunk, Baden-Baden

Im Rahmen der Neuedition bisher erschienen:

(Stand Herbst 1997)

Romane

Der Schnee war schmutzig
Roman. Aus dem Französischen von Willi A. Koch

Bellas Tod
Roman. Deutsch von Elisabeth Serelmann-Küchler

Drei Zimmer in Manhattan
Roman. Deutsch von Linde Birk

Der große Bob
Roman. Deutsch von Linde Birk

Die Wahrheit über Bébé Donge
Roman. Deutsch von Renate Nickel

Tropenkoller
Roman. Deutsch von Annerose Melter

Der kleine Heilige
Roman. Deutsch von Trude Fein

Die Verlobung des Monsieur Hire
Roman. Deutsch von Linde Birk

Der Mörder
Roman. Deutsch von Lothar Baier

Der Mann, der den Zügen nachsah
Roman. Deutsch von Walter Schürenberg

Der Tod des Auguste Mature
Roman. Deutsch von Anneliese Botond

Die Witwe Couderc
Roman. Deutsch von Hanns Grössel

Antoine und Julie
Roman. Deutsch von Eugen Helmlé

Der Zug aus Venedig
Roman. Deutsch von Liselotte Julius

Maigret-Romane und -Erzählungen

Maigrets erste Untersuchung
Roman. Deutsch von Roswitha Plancherel

Maigret und die alte Dame
Roman. Deutsch von Renate Nickel

Maigret und die junge Tote
Roman. Deutsch von Raymond Regh

Maigret als möblierter Herr
Roman. Deutsch von Wolfram Schäfer

Maigret bei den Flamen
Roman. Deutsch von Claus Sprick

Maigret und die Keller des ›Majestic‹
Roman. Deutsch von Linde Birk

Maigret zögert
Roman. Deutsch von Annerose Melter

Maigret und die Bohnenstange
Roman. Deutsch von Guy Montag

Maigret und der verstorbene Monsieur Gallet
Roman. Deutsch von Roswitha Plancherel

Weihnachten mit Maigret
Erzählung. Deutsch von Hans-Joachim Hartstein

Biographisches

Als ich alt war
Tagebücher 1960–1963. Deutsch von Linde Birk

Brief an meine Mutter
Deutsch von Trude Fein

Außerdem erschienen:

Über Simenon
Essays, Aufsätze und Zeugnisse von André Gide bis Alfred Andersch. Mit Lebensdaten, Bibliographie und Filmographie. Herausgegeben von Claudia Schmölders und Christian Strich. Zweite, erweiterte und verbesserte Auflage 1988

Carissimo Simenon
Mon cher Fellini
Der Briefwechsel zwischen Federico Fellini und Georges Simenon. Mit einem Vorwort von Claude Gauteur und einem Gespräch von Georges Simenon mit Federico Fellini. Aus dem Italienischen und Französischen von Linde Birk. Herausgegeben von Claude Gauteur und Silvia Sager

Robert J. Courtine
Simenon und Maigret bitten zu Tisch
Die klassischen französischen Bistrorezepte der Madame Maigret. Aus dem Französischen von Pierre F. Sommer

Donna Leon im Diogenes Verlag

Venezianisches Finale

Commissario Brunettis erster Fall

Roman. Aus dem Amerikanischen von Monika Elwenspoek

Skandal in Venedigs Opernhaus ›La Fenice‹: In der Pause vor dem letzten Akt der ›Traviata‹ wird der deutsche Stardirigent Helmut Wellauer tot aufgefunden. In seiner Garderobe riecht es unverkennbar nach Bittermandel – Zyankali. Ein großer Verlust für die Musikwelt und ein heikler Fall für Commissario Guido Brunetti. Dessen Ermittlungen bringen Dinge an den Tag, wonach einige Leute allen Grund gehabt hätten, den Maestro unter die Erde zu bringen. Der Commissario entdeckt nach und nach einen wahren Teufelskreis aus Ressentiments, Verworfenheit und Rache. Sein Empfinden für Recht und Unrecht wird auf eine harte Probe gestellt.

»Mit ihrem ersten, preisgekrönten Kriminalroman *Venezianisches Finale* weckt die aus New Jersey kommende Wahlitalienerin Donna Leon großen Appetit nach mehr aus ihrer Feder. Die Verfasserin krönt ihre Detailkenntnisse und ihre geistreichen Italien-Einblicke wie en passant mit dem Gespür und der klugen Lakonie amerikanischer Crime-Ladies.«
Wiesbadener Tagblatt

Endstation Venedig

Commissario Brunettis zweiter Fall

Roman. Deutsch von Monika Elwenspoek

Ein neuer Fall für Commissario Brunetti: Die aufgedunsene Leiche eines kräftigen jungen Mannes schwimmt in einem stinkenden Kanal in Venedig. Und zum Himmel stinken auch die Machenschaften,

die sich hinter diesem Tod verbergen: Mafia, amerikanisches Militär und der italienische Machtapparat sind gleichermaßen verwickelt. Ja gibt es Verbindungen zur Drogenszene? Einen Giftmüllskandal?
Eine harte Nuß für Brunetti, der sich nicht unterkriegen läßt: Venedig durchstreifend und seine Connections nutzend, ermittelt er ebenso sympathisch wie unkonventionell. Dank seiner Menschenkenntnis und seinem souveränen Umgang mit den Autoritäten bringt er gelassen und engagiert Licht in die dunklen Machenschaften. Drohen doch andernfalls eine junge Ärztin, eine sizilianische Mamma, ein unverbesserlicher Kleinbetrüger und unschuldige Kinder zu Opfern von Schlendrian und Gewinnsucht zu werden.

»Aus Brunetti könnte mit der Zeit ein Nachfolger für Simenons Maigret werden.« *Radio Bremen*

Venezianische Scharade

Commissario Brunettis dritter Fall

Roman. Deutsch von Monika Elwenspoek

Eigentlich wollte Brunetti ja mit seiner Familie in die Berge fahren, statt den brütendheißen August in Venedig zu verbringen. Doch dann wird beim Schlachthof vor Mestre die Leiche eines Mannes in Frauenkleidern gefunden. Ein Transvestit? Wird Streitigkeiten mit seinen Freiern gehabt haben – so die allgemeine Meinung, auch bei Teilen der Polizei. Brunetti, so rechtschaffen, wie man es in Italien eben noch sein kann, schaut genauer hin. Stammt der Tote überhaupt aus der Transvestitenszene? Der Commissario lernt bei seinen Ermittlungen in einem Milieu, das auch den meisten Lesern weniger bekannt sein dürfte und darum nur um so spannender ist, weniger schnell zu urteilen, als die ach so ehrenwerten Normalbürger es tun.

»Weitermachen, Guido Brunetti, und weiterschreiben, Donna Leon!« *NDR, Hamburg*

Vendetta

Commissario Brunettis vierter Fall

Roman. Deutsch von Monika Elwenspoek

Wer telefoniert von einer Bar aus in Venedigs Industrievorort Mestre mit Osteuropa, Ecuador und Thailand? Und warum finden sich ein paar der angewählten Nummern ohne Namen in den Adreßbüchern von zwei Männern, die binnen einer Woche sterben? Fragen, die niemand stellen würde, wären nicht acht rumänische Frauen verunglückt, die nach Italien eingeschmuggelt werden sollten. Kurz darauf wird die Leiche eines Anwalts entdeckt, der in Kreisen einflußreicher Banker und Industrieller verkehrte.
Gerne stehen dem Commissario Tochter Chiara, Richter Beniamin und die Sekretärin seines Chefs zur Seite, wenn es darum geht, Machenschaften auf die Schliche zu kommen und Tätern das Handwerk zu legen, die sich an unschuldigen Opfern vergreifen. *Vendetta* ist ein ebenso eindringliches wie feinfühliges Buch von einer Menschlichkeit und Wärme, die ihresgleichen sucht.

»Ein ebenso faszinierender wie letztlich erschreckender Fall für den mutigen und warmherzigen Guido Brunetti.« *Publishers Weekly, New York*

Acqua alta

Commissario Brunettis fünfter Fall

Roman. Deutsch von Monika Elwenspoek

Als die amerikanische Archäologin Brett Lynch im Flur ihrer Wohnung in Venedig von zwei Männern zusammengeschlagen wird, regt sich außer Brunetti kaum jemand auf. Schließlich ist Lynch nicht nur Ausländerin, sondern auch noch mit einer Operndiva liiert. Als zwei Tage später jedoch der renommierte Museumsdirektor Dottor Semenzato ermordet aufgefunden wird, ist ganz Venedig entsetzt. Brunetti hält das Zusammentreffen der Angriffe auf Semenzato und Brett Lynch nicht für zufällig, waren doch beide mit derselben Sache beschäftigt: einer gefeierten Ausstellung chinesischer Kunst. Der Commissario ermittelt – und nicht nur die Spannung steigt, sondern auch der Wasserpegel in Venedig. Eine packende Geschichte über die geheime Verbindung zwischen hehrer Kunst und nackter Korruption.

»Von Venedig eingenommen, doch ohne seine pragmatische Klarsicht zu verlieren, ist Brunetti genau der richtige Polizist für diese Stadt. Möge er noch lange durch ihre Calli streifen – oder auch waten.«
The Sunday Times, London

Amélie Nothomb im Diogenes Verlag

Die Reinheit des Mörders

Roman. Aus dem Französischen von Wolfgang Krege

»Ein intellektueller Schlagabtausch zwischen einem monströsen Zyniker und Frauenhasser und einer gescheiten Frau. Beide treiben die Frage nach dem Sinn des Daseins, der Liebe und der Literatur bis zum Äußersten.« *Ellen Pomikalko/Brigitte, Hamburg*

»Erstaunlich, wie profund und abgründig Amélie Nothomb erzählt.« *Die Weltwoche, Zürich*

Liebessabotage

Roman. Deutsch von Wolfgang Krege

In keinem Geschichtsbuch der Welt wird er erwähnt: der Weltkrieg, der von 1972 bis 1975 in San Li Tun, dem Diplomatenghetto von Peking, tobte. Und doch hat er stattgefunden. Während sich Diplomateneltern aus aller Welt um internationalen Frieden bemühen, spielen ihre Kinder Krieg – aus Langeweile. Bis die siebenjährige Heldin der wunderschönen Elena begegnet und sich unsterblich verliebt. Durch die zehnjährige Italienerin eröffnet sich ihr ein neuer Kriegsschauplatz. Elena wird ihr trojanischer Krieg, ihre Liebessabotage.

»Brillant formuliert. Man fragt sich, woher dieses erst siebenundzwanzig Jahre alte Genie so viel Weisheit, so viel Reife, so viel Sprachstil nimmt. *Liebessabotage* ist gleichermaßen humorvoll wie grausam. Ein mehr als würdiger Nachfolgeroman.« *Marie-Claire, München*

»Gäbe es eine Bestsellerliste für freche Enthüllungsliteratur, Nothombs *Liebessabotage* stände ganz oben.« *Brigitte, Hamburg*

Der Professor

Roman. Deutsch von Wolfgang Krege

Das Ehepaar Hazel hat sich einen Traum erfüllt: für den friedlichen Lebensabend das kleine Häuschen auf dem Land, glyzinienumrankt, in schöner Abgeschiedenheit. Auf Sichtweite nur noch das Häuschen des einzigen Nachbarn. So sollte dem Glück im Verborgenen nichts mehr im Wege stehen – bis zu dem Tag, an dem sich dieser Nachbar zum Kaffee einlädt. Zunächst nichts Ungewöhnliches. Doch er kommt wieder. Schlag vier steht Palamède Bernardin nun täglich vor der Tür. Und läßt sich weder mit Tricks noch mit deutlichen Hinweisen abwimmeln. Ein Alptraum beginnt sich einzunisten.
Émile Hazel, ehemaliger Lehrer und Altphilologe, ist am Ende seiner Geduld. Schmerzhaft wird ihm bewußt, daß sich sechsundsechzig Jahre zivilisierter Höflichkeit nicht einfach abschütteln lassen. Wirklich nicht?
Ein Psychothriller, der Alptraum, Endzeitstimmung und schlagfertigen Witz zu einem atemberaubenden Lesegenuß vereint.

»Ein vollendet komponiertes Meisterwerk. Es beginnt wie eine Zeichnung von Sempé, es geht weiter wie ein Roman von Stephen King, um schließlich zu enden wie ein Stück von Beckett.«
Pierre Assouline/Lire, Paris

Eric Ambler im Diogenes Verlag

Magdalen Nabb im Diogenes Verlag

»Magdalen Nabb ist die geborene Erzählerin, ihre Geschichten sind von überwältigender Echtheit.«
Sunday Times, London

»Die gebürtige Engländerin und Wahlflorentinerin Magdalen Nabb muß als die ganz große Entdeckung im Genre des anspruchsvollen Kriminalromans bezeichnet werden. Eine Autorin von herausragender internationaler Klasse.«
Herbert M. Debes / mid Nachrichten, Frankfurt

»Nie eine falsche Note. Bravissimo!«
Georges Simenon

Tod im Frühling
Roman. Aus dem Englischen von Matthias Müller. Mit einem Vorwort von Georges Simenon

Tod im Herbst
Roman. Deutsch von Matthias Fienbork

Tod eines Engländers
Roman. Deutsch von Matthias Fienbork

Tod eines Holländers
Roman. Deutsch von Matthias Fienbork

Tod in Florenz
Roman. Deutsch von Monika Elwenspoek

Tod einer Queen
Roman. Deutsch von Matthias Fienbork

Tod im Palazzo
Roman. Deutsch von Matthias Fienbork

Tod einer Verrückten
Roman. Deutsch von Irene Rumler

Das Ungeheuer von Florenz
Roman. Deutsch von Silvia Morawetz

Magdalen Nabb & Paolo Vagheggi:
Terror
Roman. Deutsch von Bernd Samland

Liaty Pisani im Diogenes Verlag

Mit Ogden hat Liaty Pisani einen Spion geschaffen, der eine fatale Schwäche hat: Er hat ein Gewissen. Dennoch wird er mit seiner Intelligenz und Schnelligkeit bei den heikelsten Missionen eingesetzt. Für Ogden ist der Dienst seine Familie: als Ziehsohn eines Geheimdienstbosses ist er mit den Umgangsformen in der Welt der Top-Secret-Informationen vertraut. Was ihm nicht jede böse Überraschung erspart.

»Wenn es sich nicht noch herausstellt, daß es sich bei Liaty Pisani um John le Carrés Sekretärin handelt, die ihm die Manuskripte maust, dann haben wir endlich eine weibliche Spionage-Autorin. Noch dazu eine mit literarischem Schreibgefühl.«
Martina I. Kischke/Frankfurter Rundschau

»Ein bemerkenswertes literarisches Talent, das außerhalb der italienischen Tradition, nämlich zwischen Chandler und le Carré, eingereiht werden muß und durch seine versteckten Zitate an Nabokov erinnert.«
La Stampa, Turin

Der Spion und der Analytiker
Roman. Aus dem Italienischen von Linde Birk

Der Spion und der Dichter
Roman. Deutsch von Ulrich Hartmann